KB271694

행복한 왕자

옮긴이_ 공경희

1965년 서울에서 태어났다. 서울대학교 영문학과를 졸업하고 성균관대학교 번역대학원에서 겸임교수를 역임했으며 현재는 전문 번역가로 일하고 있다.
옮긴 책으로는《놓치고 싶지 않은 이별》《태엽 감는 여자》《깡통 나무》《침묵의 행성 밖에서》《모리와 함께한 화요일》《매디슨 카운티의 다리》《호밀밭의 파수꾼》《남자처럼 일하고 여자처럼 승리하라》《바디》《지킬 박사와 하이드》《우리는 사랑일까》《아빠의 러브레터》《548일 남장체험》《파이 이야기》《천국에서 만난 다섯 사람》《타샤의 크리스마스》《노인과 바다》《행복한 왕자》등 다수가 있다.

The Happy Prince and Other Tales

OSCAR WILDE

행복한 왕자

오스카 와일드 지음 | 공경희 옮김 | 윈저 조 이니스 그림

PenguinCafe

| 차례 |

카를로스 블래커에게 바칩니다

행복한 왕자

높은 기둥 위에 놓인 행복한 왕자의 동상이 도시 하늘에 솟아 있었다. 왕자의 온몸에는 얇은 금박이 입혀져 있고, 눈에는 빛나는 사파이어가 박혀 있었다. 또 칼집에서는 큼직한 붉은 루비가 반짝거렸다.

사실 그는 대단한 칭송을 받았다.

예술적인 취향으로 유명해지고 싶은 시의원이 말했다.

"왕자는 지붕에 달린 풍향계 못지않게 아름답지요."

그러더니 그는 본모습과는 달리 비현실적인 사람으로 오해받을까 봐 걱정되어 얼른 덧붙였다.

"풍향계처럼 쓸모 있지는 않지만 말입니다."

달을 갖고 싶다고 보채는 아들에게 현명한 어머니가 물었다.

"행복한 왕자처럼 행동할 수 없겠니? 행복한 왕자는 뭘 갖고 싶다고 징징대는 것은 꿈도 꾸지 않는단다.”

절망에 빠진 사내는 멋진 동상을 바라면서 중얼댔다.

“이 세상에 정말 행복한 사람이 있으니 다행이야.”

진홍색 망토와 말쑥한 점퍼스커트 차림의 고아원 아이들이 교회에서 몰려나오면서 말했다.

“왕자는 꼭 천사처럼 생겼어.”

“그걸 너희가 어떻게 알지? 천사를 본 적이 없으면서.”

수학 선생이 물었다.

“맞아요! 하지만 저희는 꿈에서 천사를 보거든요.”

아이들이 대답했다.

그러자 수학 선생은 아이들이 꿈꾸는 것이 못마땅해서 얼굴을 찌푸리고 몹시 엄격한 표정을 지었다.

어느 날 밤 도시 위로 작은 제비 한 마리가 날아들었다. 친구들은 육 주 전에 이집트로 떠나갔지만, 제비는 그지없이 아름다운 갈대를 사랑해서 여기 남았다.

이른 봄, 제비는 큰 누런 나방을 쫓아서 강가를 날아가다가 갈대를 만났다. 갈대의 나긋나긋한 허리에 마음을 빼앗긴 제비는 날기를 멈추고 그녀에게 말을 걸었다.

“당신을 사랑해도 될까요?”

단도직입적인 것을 좋아하는 제비가 물었다.

갈대는 그에게 허리 굽혀 인사를 했다. 그래서 제비는 그녀 주위를 빙글빙글 돌면서, 날개로 물을 슬쩍슬쩍 건드려서 은빛 물결을 일으켰다. 이것이 제비의 구애였고, 여름 내내도록 구애는 계속되었다.

다른 제비들이 지지배배 말했다.

"이상스러운 애정이야. 돈도 없는 데다 친척은 엄청나게 많은 갈대가 왜 좋다는 건지 모르겠다니까."

사실 강에는 갈대들이 넘쳐났다.

그러다가 가을이 오자 제비들은 모두 날아가 버렸다.

친구들이 떠나자 제비는 외로움을 탔고, 연인이 싫증나기 시작했다.

제비가 말했다.

"갈대는 통 말이 없고, 나는 그녀가 바람둥이일까 봐 걱정이야. 늘 바람이랑 어울리니 말이지."

바람이 불 때마다 갈대가 비할 데 없이 우아하게 인사를 하는 것은 분명했다.

제비는 말을 이었다.

"그녀가 가정적이라는 것은 나도 인정해. 하지만 난 여행을 좋아하고, 따라서 내 아내 역시 여행을 좋아해야 한다고 생각해."

마침내 제비는 갈대에게 말했다.

"나랑 같이 갈래요?"

하지만 갈대는 고개를 저었다. 그녀가 워낙 집에 마음을 썼기 때문이었다.

제비가 소리쳤다.

"당신은 나를 갖고 놀았군요. 난 피라미드로 가겠어요. 잘 있어요!"

제비가 날아가 버렸다.

그는 종일 날았고, 밤이 되자 도시에 도착했다.

제비가 말했다.

"어디서 쉬어야 될까? 시내에 준비가 되어 있으면 좋을 텐데."

그때 제비는 높은 기둥 위에 세워진 동상을 보았다.

제비가 큰 소리로 말했다.

"저기서 쉬어야겠다. 위치가 좋은걸. 공기도 맑고."

그래서 그는 행복한 왕자의 양발 사이에 내려앉았다.

"황금으로 된 침실을 얻었네."

제비는 주변을 둘러보면서 나직이 혼잣말을 중얼댔다.

그는 잠을 잘 준비를 했지만, 날개 밑으로 머리를 들이미는 순간 큰 물방울이 그의 머리에 뚝 떨어졌다.

"정말 이상하기도 해라! 하늘에 구름 한 점 없고, 별들이 총총하고 밝은데 비가 내리다니 말이야. 유럽 북부 지방의 날씨는 정말로 나쁘군. 갈대는 비를 좋아했지만, 그건 순전히 그녀의 이기심일 뿐이야."

제비가 크게 말했다.

그때 또 물방울이 떨어졌다.

제비가 투덜댔다.

"비를 피할 수 없다면 동상이 무슨 소용이 있담? 괜찮은 굴뚝 통풍관을 찾아봐야겠는걸."

그는 날아가기로 마음먹었다.

하지만 날개를 펼치기도 전에 세 번째 물방울이 떨어졌고, 제비가 고개를 드니 눈에 들어온 것은 ……?

행복한 왕자의 눈에 가득 고인 눈물이 황금 뺨 위로 주르륵 흘러내렸다. 달빛에 비친 왕자의 얼굴이 어찌나 아름다운지, 제비는 안쓰러움을 느꼈다.

"당신은 누구신가요?"

제비가 물었다.

"나는 행복한 왕자야."

"그런데 왜 울고 있지요? 왕자님 눈물에 제 몸이 젖었다고 요."

제비가 물었다.

행복한 왕자가 대답했다.

"내가 인간의 심장을 갖고 살아 있었을 때는, 눈물이 뭔지 몰랐단다. 나는 상수시 궁전*에 살았고, 거기는 슬픔이 들어서지 못하는 곳이었거든. 낮이면 나는 같이 어울리는 이들과 정원에서 놀았고, 저녁에는 대연회장에서 춤을 추었지. 정원 주위에는 아주 높은 담장이 있었지만, 나는 그 너머에 뭐가 있느냐고 물어볼 생각을 하지 않았어. 내 주변의 모든 것이 무척이나 아름다웠지. 신하들은 나를 '행복한 왕자'라고 불렀고, 나는 진짜 행복했어. 즐거움이 행복이라면 말이야. 나는 그렇게 살았고 또 그렇게 죽었어. 그리고 이제 내가 죽으니, 사람들은 나를 여기 높은 곳에 올려다 놓았지. 그래서 나는 내 도시의 모든 추한 것들과 비참한 것들을 볼 수 있지. 내 심장이 납덩이로 만들어졌지만, 그래도 나는 울지 않을 수가 없어."

---

* 독일 포츠담에 있는 궁전. '걱정 없는' 궁전이라는 뜻이기도 함 – 옮긴이

"뭐야! 왕자가 순금이 아니란 말이야?"

제비가 아주 작은 소리로 중얼댔다.

그는 워낙 예의를 차리기 때문에 자기 생각을 입 밖에 내지 않았다.

행복한 왕자는 노래하는 것 같은 낮은 소리로 말을 이었다.

"멀리, 저 멀리 작은 길에 가난한 집이 한 채 있어. 창문 하나가 열려 있어서, 나는 그 창으로 탁자에 앉아 있는 여인을 볼 수 있지. 그녀의 얼굴은 수척하고 지쳤고, 그녀의 손은 거칠고 빨갛지. 그 여인은 재봉사라서 손의 여기저기를 바늘에 찔려서 그런 게지. 여인은 비단 드레스에 시계꽃을 수놓고 있어. 왕비의 시녀들 가운데 최고의 미인이 다음 궁정 무도회에서 입을 드레스지. 구석에 놓인 침대에는 여인의 어린 아들이 앓아누워 있어. 아이는 열이 나서 오렌지를 달라고 조르고 있지. 어머니가 아들에게 줄 거라곤 강물 외에 아무 것도 없어. 그래서 아이는 울고 있어. 제비야, 제비야, 작은 제비야. 내 칼집에서 루비를 빼서 그 여인에게 갖다 주겠니? 내 발이 이 받침대에 달라붙어 있어서 나는 움직일 수가 없어서 그래."

제비가 대답했다.

"이집트에서 친구들이 저를 기다리고 있어요. 친구들은 나일강을 따라 날면서, 커다란 연꽃에게 말을 걸고 있지요. 곧 그들은 대왕의 무덤 속으로 자러 갈 거예요. 왕은 거기 색칠한 관에 누워 있어요. 왕은 노란 삼베에 싸여 있고, 향료들로 방부 처리가 되어 있지요. 왕의 목에는 연초록색 옥 목걸이가 걸려 있고, 손은 시든 낙엽 같지요."

"제비야, 제비야, 작은 제비야. 하룻밤만 나와 머물면서 내 심부름 좀 해주지 않겠니? 그 아이는 너무도 목마르고, 그 어머니는 너무도 슬퍼한단다."

제비가 대답했다.

"저는 애들을 좋아하지 않아요. 지난여름 제가 강가에 머물 때, 못된 사내애 둘이 있었어요. 방앗간 아들들이었는데, 날이면 날마다 저한테 돌팔매질을 했어요. 물론 그 녀석들은 저를 맞추지 못했지요. 저희 제비들은 돌멩이를 피할 만큼 훌쩍 날아가고, 게다가 저는 날렵한 몸놀림으로 유명한 집안 출신이거든요. 하지만 아무튼 그건 무례하다는 증거였지요."

하지만 행복한 왕자가 너무도 슬픈 표정을 짓자, 작은 제비는 안쓰러웠다.

제비가 말했다.

"여기는 몹시 춥네요. 하지만 제가 하룻밤 왕자님과 같이 지내면서 심부름을 해드릴게요."

"고맙구나, 작은 제비야." 행복한 왕자가 말했다.

그래서 제비는 왕자의 칼에서 멋진 루비를 뽑아서 부리에 물고서, 도시의 지붕들 위를 날아갔다.

하얀 대리석 천사 조각들이 새겨진 교회 탑을 지났다. 궁전을 지나면서 춤추는 소리를 들었다. 어여쁜 아가씨가 연인과 발코니로 나왔다.

연인이 그녀에게 말했다.

"별무리가 정말 아름답군요. 또 사랑의 힘은 얼마나 대단한지요!"

아가씨가 대답했다.

"제가 궁전 무도회 때 입을 수 있게 드레스가 준비되어야 될 텐데 큰일이에요. 드레스에 시계꽃을 수놓아 달라고 주문해두었는데, 재봉사들이 어찌나 게으름을 부리는지요."

제비는 강 위를 지나다가 배들의 돛대에 달린 등불을 보았다. 그는 유대인 마을을 지나갔다. 서로 흥정을 벌이고, 구리 저울로 돈의 무게를 재는 유대인 노인들을 보았다. 마침내 제비는 가난한 집에 도착해서 안을 들여다보았다.

소년은 침대에 누워서 열병을 앓으며 뒤척였고, 어머니는 피곤에 지쳐서 자고 있었다. 제비는 집안으로 들어가서, 멋진 루비를 탁자 위에 있는 골무 옆에 내려놓았다. 그런 다음 가만히 침대 주위를 돌면서 아이의 이마에 날개로 부채질을 해주었다.

소년이 말했다.

"아, 시원해! 틀림없이 내가 낫고 있나 봐."

그러더니 아이는 기분 좋은 잠으로 빠져들었다.

제비는 행복한 왕자에게로 날아가서, 자신이 한 일을 설명하고 기분을 말했다.

"참 이상하게도 날씨가 이리도 추운데 저는 따스함이 느껴지네요."

"그것은 네가 착한 일을 했기 때문이란다." 왕자가 말했다.

그러자 작은 제비는 생각하기 시작했고 그러다가 잠들었다. 늘 생각을 하면 그는 졸음이 쏟아졌다.

날이 밝자 제비는 강으로 날아가서 씻었다.

제비가 다리 위를 지나갈 때 조류학 교수가 말했다.

"정말로 이상한 현상일세! 겨울에 제비라니!"

그리고 그는 이 일에 대해 긴 편지를 써서 지방 신문사에 보냈다. 모두들 이 기고문에 대해 말했다. 그 글에는 사람들이 이해하지 못하는 말들이 잔뜩 적혀 있었다.

"오늘 밤 난 이집트로 가는 거야." 제비가 말했다.

그 생각을 하자 붕붕 뜨는 기분이었다. 그는 공공건물들을 모두 찾아갔고, 교회 첨탑 꼭대기에 오래도록 앉아 있었다. 가는 곳마다 참새들이 짹짹대면서 서로 쑤군댔다.

"얼마나 유명한 손님이라고!"

그 말을 듣자 제비는 무척 기분이 좋았다.

달이 뜨자 그는 행복한 왕자에게 돌아갔다.

제비가 큰 소리로 말했다.

"제가 이집트에서 해드릴 일이 있나요? 저는 이제 출발할 거예요."

왕자가 말했다.

"제비야, 제비야, 작은 제비야. 하룻밤만 더 나랑 있어주지 않을래?"

제비가 대답했다.

"이집트에서 친구들이 저를 기다려요. 내일 친구들은 '제2폭포'*까지 날아갈 거예요. 거기 골풀 사이에 하마가 누워 있고, 거대한 화강암 왕좌에는 멤논 신이 앉아 있지요. 멤논은 밤새도록 별들을 지켜보고, 샛별이 빛나면 기쁨에 찬 외마디 탄성

---

* 나일 강에 있는 폭포. 제2폭포는 누디아 지역에 있음 – 옮긴이

을 내뱉고는 침묵한답니다. 정오가 되면 노란 사자들이 물을 마시러 강가로 내려와요. 사자들의 눈은 초록빛 녹주석과 비슷하고, 사자들의 포효는 폭포수가 쏟아지는 소리보다도 요란하지요."

왕자가 말했다.

"제비야, 제비야, 작은 제비야. 저 멀리 도시 저편에 어느 다락방에 있는 청년이 보인단다. 그는 종이가 잔뜩 쌓여 있는 책상 위로 몸을 숙이고 있고, 옆에 놓인 단지에는 시든 제비꽃 한 묶음이 담겨 있지. 청년의 머리는 갈색이고 뻣뻣하고, 입술은 석류처럼 붉고, 커다란 눈망울은 꿈을 꾸는 것 같지. 그는 극장의 감독에게 보여줄 희곡을 마무리하려 애쓰지만, 너무 추워서 더 이상 글을 쓸 수가 없어. 벽난로의 불은 죽었고, 그는 배가 고파 기절하기도 했지."

"제가 하룻밤 더 왕자님의 시중을 들어드릴게요. 제가 그 청년에게 루비를 갖다 줄까요?" 제비가 말했다.

제비는 정말 마음씨가 착했다.

"아쉽구나! 이제 내게는 루비가 없단다. 남은 것은 눈밖에 없구나. 양쪽 눈이 희귀한 사파이어로 되어 있지. 천 년 전쯤 인도에서 가져온 보석이란다. 사파이어 한 개를 뽑아서 청년에게 가져다주려무나. 그가 보석상에게 사파이어를 팔아서 땔감을 사고 희곡을 완성할 게다."

"사랑하는 왕자님, 저는 그건 못 하겠어요."

제비가 흐느끼기 시작했다.

왕자가 말했다.

"제비야, 제비야, 작은 제비야. 내가 하라는 대로 해주려무나."

그래서 제비는 왕자의 눈 하나를 빼서, 학생이 사는 다락방으로 날아갔다. 지붕에 구멍이 뚫려 있어서, 다락방에 들어가기는 아주 수월했다. 제비는 이 구멍을 쑥 지나서 방으로 들어갔다. 청년은 양손에 머리를 묻고 있어서, 새가 날개를 퍼덕이는 소리를 듣지 못했다. 그래서 그는 고개를 들다가, 시든 제비꽃 위에 놓여 있는 아름다운 사파이어를 보았다.

청년이 말했다.

"사람들이 나를 알아봐 주기 시작하는구나. 이건 대단한 후원자가 보낸 거야. 이제 희곡을 마무리 지을 수 있어."

그는 대단히 행복한 표정을 지었다.

다음 날 제비는 항구로 날아갔다. 그는 큰 배의 돛대에 앉아서, 선원들이 커다란 상자들을 밧줄로 당기는 광경을 지켜보았다.

"끌어당겨, 영차!"

그들은 상자가 나타날 때마다 소리쳤다.

"나는 이집트로 갈 거야!"

제비가 외쳤지만 아무도 신경 쓰지 않았다. 그리고 달이 뜨자 제비는 행복한 왕자에게 돌아갔다.

제비가 소리쳤다.

"작별 인사를 하려고 왔어요."

왕자가 말했다.

"제비야, 제비야, 작은 제비야. 하룻밤 더 나랑 있어주지 않을래?"

제비가 대답했다.

"이제 겨울이에요. 곧 여기는 차가운 눈이 내릴 거예요. 이집트에서는 푸르른 야자수에 따스한 햇볕이 내리쬐고, 진흙탕에서는 악어들이 누워서 나른하게 주변을 둘러보지요. 제 친구들은 발벡 신전에 둥지를 짓고 있고, 분홍색과 흰색 비둘기들이 그들을 지켜보며 구구 울고 있어요. 사랑하는 왕자님, 저는 당신을 두고 떠나야 해요. 하지만 왕자님을 잊지 않을 거고, 다음 봄에는 당신이 내준 자리에 넣을 아름다운 보석 두 개를 갖다드릴게요. 루비는 붉은 장미보다 붉을 테고, 사파이어는 광활한 바다만큼이나 파랄 거예요."

왕자가 말했다.

"저 아래 광장에 어린 성냥팔이 소녀가 서 있단다. 소녀가 성냥을 도랑에 빠트려서 성냥은 못 쓰게 되어버렸지. 소녀는 집에 돈을 가져가지 않으면, 아버지에게 두들겨 맞을 거야. 그래서 소녀는 울고 있단다. 신발도, 양말도 신지 않았고, 작은 머리에는 아무것도 쓰지 않았지. 내 남은 눈을 빼서 소녀에게 가져다주렴. 그러면 소녀는 아버지에게 맞지 않겠지."

"제가 하룻밤 더 왕자님 곁에 있을게요. 하지만 왕자님의 눈을 뺄 수는 없어요. 그러면 왕자님은 완전히 앞을 못 보게 될 테니까요." 제비가 말했다.

왕자가 말했다.

"제비야, 제비야, 작은 제비야. 내가 시킨 대로 해주려무나."

그래서 제비는 왕자의 남은 눈을 빼서, 보석을 물고 민첩하게 날아갔다. 제비는 성냥팔이 소녀 위를 쑥 지나면서 소녀의 손바닥에 보석을 떨어뜨렸다.

"정말 예쁜 구슬이네!"

어린 소녀가 외쳤다. 소녀는 웃으면서 집으로 달려갔다.

그러자 제비는 왕자에게 돌아갔다.

"이제 당신은 앞을 못 보시지요. 그러니 제가 언제나 곁에 있을게요." 제비가 말했다.

가여운 왕자가 대답했다.

"아니다, 작은 제비야. 너는 이집트로 떠나야 한다."

"제가 언제나 당신 곁에 있겠어요." 제비가 말했다.

그리고 그는 왕자의 발치에서 잠들었다.

다음 날 온종일 제비는 왕자의 어깨에 앉아서, 이상한 나라들에서 본 것들에 대해 이야기했다. 그는 왕자에게 빨간 따오기 떼가 나일 강변에 길게 줄지어 서서 주둥이로 금붕어를 잡는 이야기를 들려주었다. 또 이 세상의 나이만큼 오래되었고 사막에 살면서 모든 것을 아는 스핑크스에 대해서도 말했다. 또 손에 호박 보석으로 된 염주를 들고 낙타 옆에서 느릿느릿 걷는 상인들 이야기. 흑단처럼 까맣고 큰 수정을 숭배하는 달산의 왕에 대해서도 말했다. 야자수에서 자는 거대한 초록색 뱀에게 스무 명의 승려가 꿀떡을 바치는 이야기도 했다. 또 커다랗고 평편한 나뭇잎을 타고 넓은 호수를 지나가고 늘 나비떼와 싸우는 난쟁이들에 대해서도 말해주었다.

왕자가 말했다.

"사랑하는 작은 제비야, 너는 내게 놀라운 것들에 대해 말하지만 무엇보다 놀라운 것은 사람들의 고생이란다. 불행처럼 알수 없는 것은 다시없지. 작은 제비야, 내 도시 위를 날아다니면서 거기서 보이는 것들에 대해 말해다오.”

그래서 제비는 큰 도시 위를 날아다녔고, 부자들이 아름다운 집에서 즐겁게 지내는 반면 거지들이 성문 앞에 앉아 있는 광경을 보았다. 그는 어두운 골목길 안을 날면서, 하얗게 뜬 얼굴로 힘없이 깜깜한 거리를 내다보는 굶주린 아이들을 보았다. 다리의 아치길 아래서는 어린 사내애 둘이 몸의 온기를 느끼려고 서로 껴안고 누워 있었다.

“너무나 배가 고프다!” 아이들이 말했다.

“여기 누워 있으면 안 돼!”

야경꾼이 소리치자, 아이들은 빗속을 헤매고 다녔다.

그러자 제비가 날아와서 왕자에게 본 것을 말했다.

왕자가 말했다.

“내 몸이 금으로 덮여 있으니, 너는 이것을 한 겹씩 벗겨내서 가난한 이들에게 갖다 주거라. 산 사람들은 언제나 금이 그들을 행복하게 만들어줄 수 있다고 생각하니까.”

제비는 순금을 한 겹, 한 겹 벗겨냈고, 결국 행복한 왕자는 우중충하고 거무스름해 보이게 되었다. 왕자가 한 겹씩 벗겨낸 금을 가난한 이들에게 보내주자, 아이들의 얼굴이 더 발그레해졌다. 아이들은 웃으면서 골목을 누비며 놀았다.

아이들이 소리쳤다.

“와, 이제 빵이 생겼다!”

그 무렵 눈이 내렸고, 눈이 내린 후에는 서리가 끼었다. 거리마다 마치 은으로 만들어진 듯 정말로 환하게 빛났다. 집의 처마 끝에는 수정 칼처럼 생긴 길쭉한 고드름이 매달려 있었고, 모두들 모피 옷을 입고 돌아다녔다. 어린 사내애들은 진홍색 망토를 입고 얼음 위에서 스케이트를 탔다.

가여운 작은 제비는 점점 추웠지만 왕자 곁을 떠나지 않으려 했다. 그는 왕자를 깊이깊이 사랑했다. 제비는 빵집 문밖에서 빵집 주인이 보지 않을 때 빵 부스러기를 쪼았고, 날개를 퍼덕여서 몸을 따뜻하게 하려고 애썼다.

하지만 제비는 결국 죽으리란 것을 알고 있었다. 이제 한 번 더 왕자의 어깨까지 날아오를 기운밖에 남아 있지 않았다.

"안녕히 계세요, 사랑하는 왕자님! 당신의 손에 입 맞추게 해주시겠어요?"

제비가 중얼댔다. 왕자가 말했다.

"마침내 이집트로 가게 되어서 다행이구나, 작은 제비야. 너는 여기 너무 오래 머물렀어. 한데 내 입술에 입 맞춰야지. 내가 너를 사랑하니까 말이야."

제비가 말했다.

"제가 가는 곳은 이집트가 아니에요. 저는 죽음의 집으로 갈 거예요. 죽음은 잠의 형제지요, 맞지요?"

제비는 행복한 왕자의 입술에 입 맞추고, 죽어서 왕자의 발치에 떨어졌다.

그 순간 동상 안쪽에서 뭔가 갈라지는 이상한 소리가 났다. 마치 뭔가 쪼개진 듯한 소리였다. 사실은 납으로 된 심장이 두 동강이 났다. 심장은 무서울 정도로 꽁꽁 얼어 있었다.

다음 날 일찍 시장이 시의원들과 함께 행복한 왕자 동상이 서 있는 광장을 걷고 있었다. 그들이 기둥 앞을 지날 때, 시장이 고개를 들어 동상을 보았다.

"이럴 수가! 행복한 왕자가 저렇게 초라한 꼬락서니라니!" 그가 말했다.

"저렇게 초라한 꼬락서니라니요!"

만날 시장에게 맞장구치는 시의원들이 탄식했다.

그들이 고개를 들어 동상을 올려다보았다.

시장이 말했다.

"칼에서 루비가 빠졌구먼. 양쪽 눈도 없어지고. 이제는 금이 아니야. 솔직히 왕자가 거지와 다를 바 없구먼!"

"거지와 다를 바 없네요." 시의원들이 말했다.

시장이 말했다.

"그리고 여기 왕자의 발치에 죽은 새 한 마리가 있군! 우리는 새가 여기서 죽는 것을 금지시키는 포고문을 발표해야겠어요."

그러자 시의 서기가 그 의견을 받아 적었다.

그들은 행복한 왕자의 동상을 끌어내렸다.

"이제 왕자 상이 아름답지 않으니, 더 이상 쓸모가 없지."

대학교의 미술 교수가 말했다.

그러자 사람들은 동상을 뜨거운 용광로 속에 넣어 녹였고, 시장은 녹인 쇠를 어떻게 할 것인지 결정하기 위해 회의를 열었다.

시장이 말했다.

“물론 우리는 다른 동상을 만들어야 될 겁니다. 그리고 그것은 바로 내 동상이 되어야 합니다.”

“내 동상이 되어야 합니다.”

시의원들은 각기 떠들어대며 싸웠다.

내가 마지막으로 봤을 때도 그들은 여전히 다투고 있었다.

주조소에서 공장 감독관이 말했다.

“참 이상한 일일세! 이 깨진 납덩이 심장이 뜨거운 용광로에서도 녹지 않는군. 이걸 버려야겠네.”

그래서 그들은 납덩이 심장을 쓰레기 더미에 던졌다. 거기에는 죽은 제비도 누워 있었다.

하나님이 천사에게 말했다.

“도시에서 가장 귀한 것 두 가지를 내게 가져오너라.”

천사는 하나님에게 납덩이 심장과 죽은 새를 가져왔다.

하나님이 말했다.

“네가 제대로 골랐구나. 내 천국의 동산에서 이 작은 새는 영원히 노래할 것이고, 내 황금 도시에서 행복한 왕자가 나를 찬양할 것이니 말이다.”

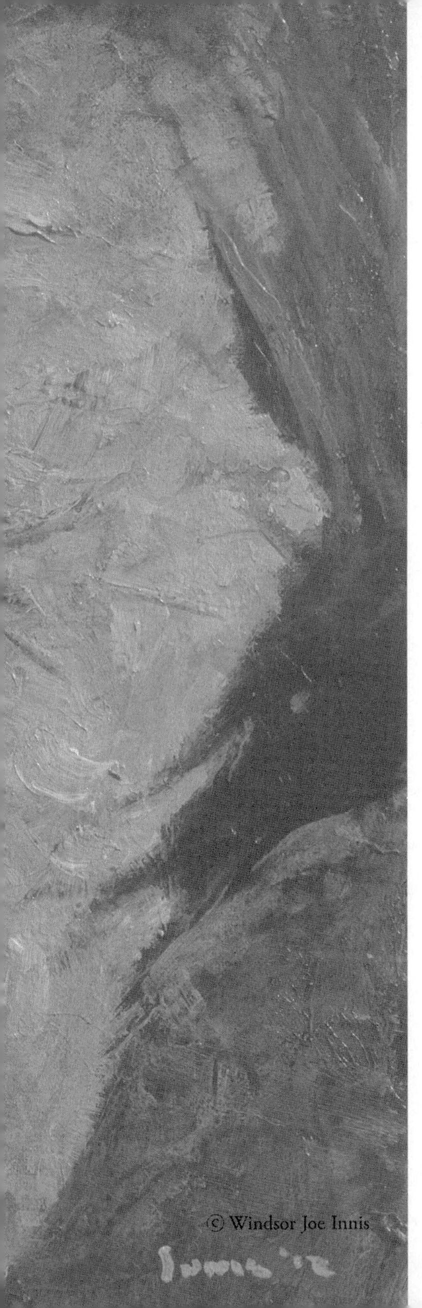

나이팅게일과
장미

젊은 학생이 탄식했다.

"그녀는 내가 빨간 장미를 가져오면 나와 춤추겠노라고 말했지. 하지만 내 정원 전체에 빨간 장미가 한 송이도 없는걸."

사철가시 나무에 지은 둥지에서 나이팅게일은 청년의 말을 들었다. 나이팅게일은 나뭇잎들 사이로 내다보면서 놀랐다.

"내 정원 전체에 빨간 장미가 한 송이도 없어!"

학생이 외쳤다.

그의 아름다운 눈에 눈물이 차올랐다.

그가 말을 이었다.

"아, 인생은 얼마나 소소한 일들에 좌우되는지! 나는 현자들이 쓴 모든 책을 읽었고, 철학의 모든 비밀을 꿰뚫고 있지. 그런데 빨간 장미 한 송이가 없어서 내 인생이 비참해지는구나."

나이팅게일이 말했다.

"드디어 진정한 연인이 여기 있네. 밤이면 밤마다 나는 그런 사람을 모르면서도 그들에 대한 노래를 불렀어. 밤이면 밤마다 나는 그 사람들의 이야기를 별들에게 들려주었지. 비로소 지금에야 그런 사람을 보는구나. 그의 머리 색은 히아신스 꽃처럼 짙고, 입술은 그가 그렇게도 바라는 장미처럼 붉지. 하지만 뜨거운 사랑이 그의 얼굴을 창백한 상아처럼 만들어놓았고, 슬픔이 그의 이마를 짓누르고 있구나."

젊은 학생이 중얼댔다.

"내일 밤 왕자님이 무도회를 여는데, 내 사랑은 그 자리에 갈 거야. 내가 빨간 장미 한 송이를 갖다 준다면 그녀는 새벽이 올 때까지 나와 춤출 거야. 내가 그녀에게 빨간 장미 한 송이를 갖다 준다면, 나는 그녀를 품에 안게 될 거야. 그러면 그녀는 내 어깨에 머리를 기대고, 내 손을 꼭 잡으련만. 하지만 내 정원에는 빨간 장미가 없으니 나는 쓸쓸하게 앉아 있을 테고, 그녀는 나를 그냥 지나쳐 가겠지. 그녀는 내가 안중에도 없을 거고, 나는 억장이 무너지겠지."

나이팅게일이 말했다.

"정말이지 여기 진정한 연인이 있구나. 내가 노래하는 것이 그에게는 고통이고, 내게 기쁨인 것이 그에게는 아픔이구나. 분명히 사랑은 근사한 일이야. 그것은 에메랄드보다도 귀하고, 오팔보다도 소중하지. 사랑은 진주와 석류로 살 수 없고, 시장에 나와 있지도 않지. 상인들이 사고팔지 못하고, 금을 다는 저울로 무게를 잴 수도 없지."

젊은 학생이 말했다.

"악사들이 연주석에 앉아서 현악기를 연주할 거야. 내 사랑은 하프와 바이올린 연주에 맞춰 춤을 추겠지. 그녀는 발이 바닥에 닿지 않는 것처럼 사뿐사뿐 춤을 출 테고, 화려한 차림의 궁정 신하들이 그녀 주위에 몰려들 거야. 하지만 그녀는 나와는 춤추지 않을 테지. 내게는 그녀에게 줄 빨간 장미가 없으니까."

그는 잔디밭에 몸을 던지고, 양손에 얼굴을 묻고 흐느꼈다.

"이 사람은 왜 울고 있을까?"

작은 초록 도마뱀이 꼬리를 세우고 청년 앞을 지나면서 물었다.

"정말 왜 그러지?"

나비가 햇빛을 쫓아서 날개를 치면서 말했다.

"정말 왜 그러지?"

데이지꽃이 낮고 부드러운 목소리로 이웃 친구에게 물었다.

"빨간 장미 한 송이 때문에 우는 거야."

나이팅게일이 말했다.

그들이 외쳤다.

"빨간 장미 한 송이 때문에? 이렇게 이상한 일이 있나!"

냉소적인 구석이 있는 작은 도마뱀이 와락 웃음을 터뜨렸다.

하지만 나이팅게일은 학생의 슬픔에 담긴 비밀이 이해되어서, 사철가시 나무에 조용히 앉아서 사랑의 신비에 대해 생각했다.

갑자기 나이팅게일은 갈색 날개를 펼치더니 하늘로 날아올랐다. 그녀는 그림자처럼 수풀을 지나갔고, 그림자처럼 정원 위를 누볐다.

풀밭 가운데 아름다운 장미 나무가 한 그루 서 있었다. 나이팅게일은 장미 나무를 보자 그 위로 날아가서 작은 가지에 내려앉았다.

나이팅게일이 소리쳤다.

"내게 빨간 장미 한 송이만 줘. 그러면 내가 비할 데 없이 아름다운 노래를 불러줄게."

하지만 장미 나무는 고개를 저었다.

장미 나무가 대답했다.

"내 장미는 흰색이야. 바다의 포말처럼 하얗고, 산에 쌓인 눈보다 더 하얗지. 하지만 오래된 해시계 주변에서 자라는 내 동생에게 가봐. 어쩌면 그가 네가 원하는 것을 줄 수 있을지도 몰라."

그래서 나이팅게일은 오래된 해시계 주변에서 자라는 장미 나무 위로 날아갔다.

"내게 빨간 장미 한 송이만 줘. 그러면 내가 비할 데 없이 아름다운 노래를 불러줄게."

하지만 장미 나무는 고개를 저었다.

장미 나무가 대답했다.

"내 장미는 노란색이야. 호박 보석 왕좌에 앉은 인어의 머리칼처럼 노랗고, 풀 베는 사람이 낫을 들고 오기 전에 들판에 핀 수선화보다도 노랗지. 하지만 학생의 창문 밑에서 자라는 내 형에게 가봐. 어쩌면 그가 네가 원하는 것을 줄 수 있을지도 몰라."

그래서 나이팅게일은 학생의 창문 밑에서 자라는 장미 나무에게로 날아갔다.

"내게 빨간 장미 한 송이만 줘. 그러면 내가 비할 데 없이 아름다운 노래를 불러줄게."

하지만 장미 나무는 고개를 저었다.

장미 나무가 대답했다.

"내 장미는 빨간색이야. 비둘기의 발처럼 빨갛고, 바다 동굴에서 넘실대는 커다란 부채 같은 산호초보다도 빨갛지. 하지만 겨울은 내 핏줄을 얼게 하고, 서리는 내 싹을 할퀴고, 폭풍우는 내 가지를 부러뜨렸어. 그래서 올해 내내 나는 빨간 장미를 피우지 못해."

"내가 원하는 것은 빨간 장미 한 송이인걸. 빨간 장미 딱 한 송이! 내가 장미를 구할 수 있는 방법이 없을까?"

나이팅게일이 하소연했다.

장미 나무가 대답했다.

"방법이 한 가지 있기는 해도, 너무 끔찍한 방법이라서 너한테 감히 말도 못 하겠어."

나이팅게일이 말했다.

"나한테 말해줘. 난 겁나지 않아."

장미 나무가 말했다.

"빨간 장미를 얻고 싶다면, 네가 달빛을 받으며 노래로 장미를 만들어야 해. 그리고 장미를 네 심장의 피로 물들이는 거지. 넌 가슴을 가시에 대고서 내게 노래를 불러줘야만 해. 밤새도록 너는 내게 노래해야 하고, 가시가 네 심장을 뚫어야 해. 그리고 네 피가 내 혈관에 흘러 들어와서 내 피가 되어야 되는 거야.”

나이팅게일이 말했다.

“빨간 장미 한 송이를 얻는 대가로 죽음은 너무 큰 희생이야. 그리고 생명은 모두에게 대단히 소중해. 푸른 숲에 앉아서 황금 마차를 탄 태양과 진주 마차를 탄 달을 구경하면 즐겁지. 산사나무의 향기는 달콤하고, 계곡에 숨어 있는 초롱꽃들과 언덕에서 나부끼는 히스꽃은 향긋해. 하지만 사랑은 생명보다 귀하고, 새 한 마리의 심장이 인간의 심장과 비교가 되겠어?”

그래서 나이팅게일은 갈색 날개를 펴서 공중으로 솟아올랐다. 그녀는 그림자처럼 정원 위를 지나갔고, 그림자처럼 숲을 누볐다.

젊은 학생은 나이팅게일이 떠날 때처럼 여전히 잔디밭에 엎드려 있었다. 그의 아름다운 눈에 고인 눈물이 아직 마르지 않았다.

나이팅게일이 외쳤다.

“즐거워하세요. 즐거워하라고요. 당신은 빨간 장미를 얻게 될 거예요. 내가 달빛을 받으며 노래로 빨간 장미를 만들어, 내 심장의 피로 물들일게요. 그 보답으로 당신에게 바라는 것은, 진정한 연인이 되어달라는 것밖에 없어요. 철학이 현명할지라도 사랑이 철학보다 현명하고, 권력이 강력할지라도 사랑이 권력보다 강력하니까요. 사랑의 날개는 불꽃 색깔이고, 그의 몸통은 불꽃 색깔이에요. 그의 입술은 꿀처럼 달콤하고, 그의 숨결은 유향과 비슷하죠."

학생은 풀밭에서 고개를 들고 귀를 기울였지만, 나이팅게일이 그에게 하는 말을 알아들을 수 없었다. 그는 책에 쓰인 것들만 알기 때문이었다.

하지만 사철가시 나무는 알아들었고 슬픔에 잠겼다. 그는 가지에 둥지를 지었던 작은 나이팅게일을 무척 좋아했으니까.

사철가시 나무가 속삭였다.

"내게 마지막으로 노래를 불러주렴. 네가 떠나면 난 무척 쓸쓸할 거야."

그래서 나이팅게일은 사철가시 나무에게 노래를 불러주었고, 그 소리는 은그릇에서 물이 찰랑대는 소리 같았다.

나이팅게일이 노래를 마쳤을 때, 학생은 일어나서 주머니에서 수첩과 연필을 꺼냈다.

그는 숲길을 걸어가면서 말했다.

"새는 인정할 수밖에 없는 외모를 가졌지만, 감정도 갖고 있을까? 그럴 것 같지는 않아. 사실 새는 대부분의 예술가와 비슷해. 진실성 없는 기교만 잔뜩 가졌지. 남들을 위해서 자신을 희생하려 들지 않겠지. 새는 단순히 노래에 대해 생각할 거야. 예술이 이기적이란 것은 누구나 알지. 그래도 어여쁜 소리를 가졌다는 점은 인정할 수밖에 없는걸. 그 소리에 아무 의미도 없다니, 혹은 아무 쓸모도 없다니 안타깝기도 하지!"

그리고 그는 방으로 들어가서, 짚을 채운 작은 침대에 누워서 사랑에 대해 생각하기 시작했다. 한참 후 청년은 잠에 빠졌다.

하늘에서 달이 빛날 때 나이팅게일은 장미 나무에게 날아가서, 가시에 가슴을 댔다. 밤새도록 나이팅게일은 가시에 가슴을 댄 채로 노래했다. 차가운 수정 같은 달이 몸을 굽히고 귀를 기울였다. 밤새도록 나이팅게일은 노래했고, 가슴에 가시가 점점 깊게 박히면서 몸에서 피가 흘러나왔다.

나이팅게일은 청년과 아가씨의 마음속에서 싹트는 순수한 사랑에 대해 노래했다. 장미 나무의 맨 꼭대기 가지에 어여쁜 장미 한 송이가 피어나, 노래가 이어지면서 꽃잎이 하나하나 생겨났다. 처음에 꽃의 색깔은 강 위에 드리워진 안개처럼, 아침이 밝아올 무렵처럼 희미했고, 새벽의 날개 같은 은빛이었다. 은거울에 비친 장미의 그림자처럼, 웅덩이에 드리워진 장미의 그림자처럼 나무 꼭대기 가지에서 장미가 피어올랐다.

하지만 장미 나무는 나이팅게일에게 몸을 가시에 더 누르라고 소리쳤다.

"더 꼭 누르도록 해, 나이팅게일. 안 그러면 장미가 다 피기 전에 날이 밝을 거야."

그래서 나이팅게일은 가시에 몸을 더 힘껏 눌렀다. 청년과 아가씨의 영혼에서 뜨거운 사랑이 싹트는 대목이어서 노랫소리가 점점 더 커졌다.

장미에 분홍색이 살짝 떠올랐다. 신부의 입술에 입 맞추는 신랑의 얼굴에 어리는 홍조와 비슷했다. 하지만 가시가 아직 장미의 심장부에 닿지 않아서, 장미의 심장 부분은 여전히 하얗게 남아 있었다. 나이팅게일의 심장에서 흘러나오는 피만이 장미의 심장을 진홍빛으로 물들일 수 있기 때문이었다.

그러자 장미 나무는 나이팅게일에게 몸을 가시에 더 꼭 누르라고 소리쳤다.

장미 나무가 외쳤다.

"더 꼭 누르도록 해, 나이팅게일. 안 그러면 장미가 다 피기 전에 날이 밝을 거야."

그래서 나이팅게일은 가시에 몸을 더 힘껏 눌렀고, 가시가 새의 심장을 건드렸다. 날카로운 아픔이 나이팅게일의 몸을 파고들었다. 아찔할 만큼 아팠고, 나이팅게일의 노래는 점점 격렬해졌다. 죽음으로 완성되는 사랑, 무덤에서 죽지 않는 사랑을 기리는 대목으로 접어들었기 때문이었다.

그러자 어여쁜 장미는 동녘 하늘의 장미처럼 진홍빛이 되었다. 꽃잎의 가장자리가 진홍빛으로 물들었고, 심장부가 루비 같은 진홍빛이 되었다.

하지만 나이팅게일의 목소리는 차츰 약해졌고, 작은 날개가 파닥이기 시작했다. 나이팅게일의 눈에 막이 덮였다. 노랫소리는 점점 가늘어졌고, 나이팅게일은 목구멍에 뭔가 막힌 기분을 느꼈다.

그때 나이팅게일은 마지막 노래를 뱉어냈다. 하얀 달은 그 노래를 듣자 새벽이 밝는 것을 잊고 하늘에 그대로 머물렀다. 빨간 장미는 그 노래를 듣자, 희열에 휩싸여 온몸을 파르르 떨면서 찬 새벽 공기에 꽃잎을 열었다. 메아리는 언덕 안의 보랏빛 동굴에 그 소리를 담아서, 잠자는 목동들을 꿈에서 깨웠다. 나이팅게일의 마지막 노래가 강가의 갈대들 사이에 떠다녔고, 갈대들은 노래의 의미를 바다에 전했다.

장미 나무가 말했다.

"봐, 이걸 보라고! 이제 빨간 장미가 완전히 피었어."

하지만 나이팅게일은 대답하지 않았다. 가슴에 가시를 박은 채 죽어, 기다란 풀숲에 누워 있었으므로.

그러다 정오가 되었을 때, 젊은 학생은 창문을 열고 밖을 내다보았다.

"세상에, 이런 기막힌 행운이 있나! 여기 빨간 장미 한 송이가 피었네! 이제껏 이렇게 생긴 장미는 한 번도 본 적이 없는데. 워낙 아름다우니까 틀림없이 긴 라틴어 이름을 가졌겠지."

그는 몸을 굽혀 빨간 장미꽃을 꺾었다.

그는 모자를 쓰고, 손에 빨간 장미를 들고 교수의 집으로 서둘러 달려갔다.

교수의 딸이 문간에 앉아서, 물레로 파란 비단실을 뽑고 있었다. 그녀의 작은 개가 발치에 앉아 있었다.

학생이 말했다.

"당신은 빨간 장미 한 송이를 가져오면 나와 춤추겠다고 말했지요. 여기 온 세상에서 가장 빨간 장미가 있습니다. 오늘 밤 심장 옆에 이 장미를 달도록 해요. 그러면 우리가 함께 춤출 때, 내가 당신을 얼마나 사랑하는지 이 꽃이 말해줄 겁니다."

하지만 교수의 딸은 얼굴을 찌푸렸다.

그녀가 대답했다.

"이 꽃은 내 드레스와 어울릴 것 같지가 않네요. 게다가 시종장의 조카분이 내게 진짜 보석을 보내주었어요. 꽃보다는 보석이 훨씬 더 값어치 있다는 것을 모르는 사람은 없지요."

"내 분명히 말하는데 당신은 너무도 고마움을 모르는 사람이군요."

젊은 학생이 분개하며 말했다.

그가 빨간 장미를 길바닥에 내던졌고, 꽃은 도랑에 빠졌다. 그 꽃을 짐마차가 밟고 지나갔다.

교수의 딸이 젊은 학생한테 쏘아붙였다.

"고마움을 모른다고요! 내 말을 똑똑히 들어요, 당신은 너무도 무례하네요. 하긴 당신이 뭔데 이래요? 겨우 학생 주제에! 내 장담하는데, 당신의 구두에는 은장식이 달려 있지 않을걸요. 하지만 시종장의 조카는 다르다고요."

그녀는 의자에서 일어나서 집으로 들어가 버렸다.

학생은 걸어 나오면서 중얼댔다.

"사랑이란 얼마나 어리석은 것인가! 사랑은 아무것도 증명하지 못하니까, 논리학의 절반만큼도 쓸모가 없어. 또 늘 일어나지 않을 일에 대해 말하고, 진실하지 않은 것들을 믿게 만들지. 솔직히 사랑은 아무 쓸모도 없어. 지금은 쓸모가 전부인 시대이니까, 나는 철학으로 돌아가서 형이상학이나 공부해야겠다."

그래서 젊은 학생은 그의 방으로 돌아가, 먼지가 켜켜이 쌓인 책을 꺼내서 읽기 시작했다.

욕심쟁이
거인

*

　매일 오후, 학교가 끝나면 아이들은 거인의 정원에 가서 놀곤 했다.

　폭신한 잔디가 깔린 넓고 아름다운 정원이었다. 잔디밭 여기저기에 예쁜 꽃들이 별처럼 피어 있고, 봄이면 복숭아나무 열두 그루에서 분홍색과 진줏빛 꽃망울이 터졌다. 또 가을이 오면 나무에 탐스러운 과실이 열렸다. 나무마다 새들이 앉아서 어찌나 곱게 노래하던지, 아이들은 새소리를 들으려고 놀이를 멈추곤 했다.

　"여기서 놀면 정말 행복해!"

　아이들은 서로 그렇게 말했다.

어느 날 거인이 돌아왔다. 그는 콘월*의 도깨비 친구를 찾아 갔다가 칠 년간 거기 머물렀다. 거인은 얘깃거리가 별로 없어서 그 칠 년간 하고 싶은 말을 다 했기에, 이제 자기 성으로 돌아오기로 마음먹었다. 집에 돌아와 보니, 아이들이 정원에서 뛰어놀고 있었다.

"여기서 뭐하는 짓들이야?"

거인이 몹시 거친 목소리로 호통 치자 아이들은 달아났다.

거인이 말했다.

"내 정원이 나만의 정원이라는 것을 누구나 알 수 있게 하겠어. 이제 나 외의 그 누구도 여기서 놀지 못하게 할 테다."

그래서 그는 정원 주변에 높은 담장을 쌓고 경고문을 붙였다.

**침입자는 엄벌에
처할 것임**

그는 몹시 욕심 많고 사나운 거인이었다.

이제 가여운 아이들은 놀 만한 곳이 없었다. 길가에서 놀아 보려 했지만, 길에 먼지가 자욱하고 딱딱한 돌멩이가 너무 많았다. 그래서 아이들은 길에서 놀기를 꺼렸다. 그래서 학교 수업이 끝나면 높은 담장 주변을 어슬렁대면서, 안쪽의 아름다운

---

* 영국의 남부에 있는 고장 – 옮긴이

정원에 대해 이야기하곤 했다.

"저기서 정말 즐거웠는데!"

아이들은 서로서로 그렇게 말했다.

그러다가 봄이 왔고, 어디서나 작은 꽃봉오리와 작은 새들을 볼 수 있었다.

하지만 오직 욕심쟁이 거인의 정원만 여전히 겨울이었다. 아이들이 없어서 새들은 그곳에서 노래하고 싶지 않았고, 나무들은 꽃을 피워야 된다는 것을 잊어버렸다. 한 차례 예쁜 꽃이 풀밭 사이로 머리를 내밀었지만, 경고문을 보고는 아이들이 너무나 안쓰러워서 다시 땅속으로 쏙 들어가 잠자러 갔다. 그저 눈과 서리만 즐거워했다.

그들은 말했다.

"봄이 이 정원을 까맣게 잊었나 봐! 그러니 우리가 일 년 내내 여기서 살면 되겠어."

눈은 넓은 흰 망토로 풀밭을 덮었고, 서리는 나무란 나무마다 은색을 칠했다. 그러다가 그들은 북풍에게 같이 지내자고 초대했고, 북풍이 찾아왔다. 북풍은 모피를 휘감은 채, 온종일 정원 주변에서 으르렁대고 굴뚝 통풍구에 바람을 불어댔다.

그들은 말했다.

"이렇게 재미난 곳이 있다니! 우리가 우박에게 와달라고 청하지 않을 수가 없겠는걸."

그래서 우박이 왔다. 우박은 매일 세 시간씩 성채의 지붕에서 덜컹댔고, 결국 지붕 석판이 거의 다 깨졌다. 우박은 최대한 멀리까지 정원 주변을 휩쓸고 다녔다. 그는 잿빛 옷을 입었고,

그의 숨결은 얼음 같았다.

욕심쟁이 거인이 창가에 앉아 얼어붙은 하얀 정원을 내다보면서 중얼댔다.

"왜 이리 봄이 더디게 오는지 이유를 알 수가 없는걸. 날씨가 변하면 좋으련만."

하지만 여전히 봄은 오지 않았고, 여름도 오지 않았다. 가을은 사방의 정원에 황금빛 과실을 안겨주었지만, 거인의 정원에는 아무 것도 주지 않았다.

그들이 입을 모아 말했다.

"거인은 욕심 많고 사나운 사람이야."

그래서 그곳은 언제나 겨울이었고, 북풍과 우박, 서리, 눈은 나무들 사이를 누비며 마음껏 춤추며 돌아다녔다.

어느 날 아침 거인이 침대에 누워 있을 때, 사랑스러운 음악 소리가 들려왔다. 어찌나 듣기 좋은지 그는 분명히 궁정악단이 지나가나 보다고 짐작했다.

사실은 창밖에서 작은 홍방울새가 노래하는 소리였지만, 거인은 새의 노래를 들어본 지 너무나 오래된 나머지 세상에서 가장 아름다운 음악으로 여겨졌다. 그때 그의 머리 위에서 우박이 춤을 멈추었고, 북풍은 으르렁대는 것을 그쳤다. 열린 여닫이창으로 향긋한 냄새가 들어왔다.

"드디어 봄이 왔구나."

거인이 말했다.

그는 침대에서 뛰어 내려와 창밖을 보았다.

그런데 그의 눈에 들어온 것은 ……?

그는 비할 데 없이 멋진 광경을 보았다. 벽에 난 개구멍으로 아이들이 안으로 들어와서, 나뭇가지에 걸터앉아 있었다. 거인의 눈에 보이는 모든 나무에 작은 아이가 앉아 있었다. 나무들은 다시 아이들을 만나자 정말 기뻐서 가지마다 꽃송이를 피워냈다. 그리고 아이들의 머리 위로 가만히 팔을 저었다. 새들이 날아와서 예쁜 소리로 지저귀고, 꽃들은 파란 풀잎 사이로 고개를 내밀고 웃었다. 근사한 광경이었다.

그런데 정원 맨 끄트머리 구석만 아직도 겨울이었고, 거기 어린 소년이 서 있었다. 소년은 너무 체구가 작아서 나뭇가지 위로 올라갈 수가 없었다. 그래서 서럽게 울면서 나무 주변을 맴돌고 있었다. 가여운 나무는 여전히 서리와 눈으로 뒤덮였고, 북풍이 나무 위로 불어와서 으르렁댔다.

"올라와, 꼬마야!"

나무가 말하면서, 가지들을 최대한 땅 쪽으로 낮추었다. 하지만 소년은 너무 작았다.

그 광경을 내다보던 거인의 차가운 마음이 녹아내렸다.

그가 말했다.

"내가 정말로 욕심 사납게 굴었구나! 여기 좀처럼 봄이 찾아오지 않은 이유를 이제 알겠군. 내가 가여운 어린아이를 나무 꼭대기로 올려줘야겠다. 그런 다음 담장을 허물어서 내 정원을 영원히 아이들의 놀이터로 만들어줘야지."

그래서 거인은 살그머니 아래층으로 내려가서 소리 나지 않게 현관문을 열고 정원으로 나갔다. 하지만 아이들은 그를 보자 잔뜩 겁을 먹고 모두 달아 나버렸다. 그러자 정원은 다시 겨울이 되었다. 그런데 그 작은 소년만 도망치지 않았다. 눈에 눈물이 가득 고여서 거인이 다가오는 것을 보지 못했기 때문이었다. 거인은 아이 뒤로 조용히 다가가서 가만히 손을 잡고 나무 위로 올려주었다. 그러자 곧장 나무에 꽃이 피어났고, 새들이 날아들어 나무에 앉아 노래했다. 작은 소년은 양팔을 뻗어서 거인의 팔을 끌어안고 그에게 입 맞추었다. 다른 아이들은 이제 거인이 사납게 굴지 않는 것을 보고는 정원으로 다시 뛰어왔다. 아이들이 돌아오자 봄이 다시 찾아왔다.

거인이 말했다.

"이제 여기는 너희들 정원이란다, 아이들아."

그는 커다란 도끼를 꺼내서 높이 쌓았던 담장을 허물었다. 열두 시쯤 사람들은 장터 가는 길에, 생전 처음 보는 아름다운 정원에서 거인이 아이들과 노는 광경을 보았다.

아이들은 온종일 놀았고, 저녁이 되자 거인에게 가서 인사를 했다.

"한데 너희의 작은 친구는 어디 있지? 내가 나무에 올려준 꼬마 말이다."

거인은 입맞춤을 해준 꼬마를 가장 많이 사랑했다.

"저희는 모르는데요. 그 아이는 가버렸어요."

아이들이 대답했다.

"너희가 그 아이에게 내일 여기 오라고 꼭 전해주렴."

거인이 말했다.

하지만 아이들은 그 아이가 어디 사는지 모르고, 전에 그 아이를 본 적이 없다고 말했다.

그러자 거인은 몹시 서운했다.

매일 오후 학교가 끝나면 아이들은 정원에 와서 거인과 놀았다. 하지만 그가 사랑하는 작은 소년은 다시는 찾아오지 않았다. 거인은 모든 아이들에게 친절했지만, 처음 친구가 된 작은 소년을 그리워했고 자주 그 아이에 대해 말했다.

"그 아이가 너무도 보고 싶구나!"

세월이 흘렀고, 거인은 무척 늙고 쇠약해졌다. 이제는 아이들과 놀 수가 없어서, 커다란 안락의자에 앉아서 아이들이 노는 모습을 지켜보고 흐뭇하게 정원을 감상했다.

"아름다운 꽃은 많지만, 꽃 중의 꽃은 역시 아이들이지."

거인이 말했다.

어느 겨울 아침, 그는 옷을 입으면서 창밖을 내다보았다. 이제는 겨울이 싫지 않았다. 겨울은 봄이 잠자는 시간이며 꽃들이 쉬는 시간일 뿐이라는 것을 알았으니까.

갑자기 그는 놀라서 눈을 비비면서 보고 또 보았다. 정말이지 멋진 광경이었다. 정원 맨 끄트머리 구석에서, 한 나무에 예쁜 흰 꽃송이들이 흐드러지게 피었다. 나뭇가지는 황금빛이었고, 거기 은빛 과실이 매달려 있었다.

그리고 그 나무 아래 거인이 사랑한 작은 소년이 서 있었다. 거인은 큰 기쁨에 휩싸여서 아래층으로 내려가 정원으로 나갔다. 그는 잰걸음으로 잔디밭을 지나 아이에게 다가갔다. 아이와 가까워지자 거인은 점점 성이 나서 얼굴이 빨개졌다.

그가 말했다.

"감히 누가 너를 다치게 했니?"

아이의 손바닥과 작은 발바닥에 못 자국이 두 개씩 있었다.

거인은 울부짖었다.

"감히 누가 너에게 상처를 입혔는지 말해보렴. 내가 큰 칼을 빼들고 그자를 베어버릴 테니까."

아이가 대답했다.

"아니요, 이건 사랑의 상처인걸요."

"누구십니까?"

거인이 물었다.

이상한 경외감이 밀려들어서 그는 작은 아이 앞에 무릎을 꿇었다.

그러자 아이는 거인에게 미소를 지으면서 말했다.

"전에 그대는 내가 그대의 정원에서 놀게 해주었다. 오늘은 나와 함께 나의 정원으로 가자. 그곳은 천국이니."

그날 오후 아이들은 정원으로 달려오다가, 죽어 있는 거인을 발견했다. 그의 시신은 하얀 꽃이 만발한 나무 밑에 있었다.

“아름다운 꽃은 많지만,
꽃 중의 꽃은 역시 아이들이지.”

충직한
친구

*

어느 날 아침 물쥐 영감이 쥐구멍 밖으로 머리를 내밀었다. 그는 왕방울만 한 반짝이는 눈, 빳빳한 잿빛 수염, 길쭉한 검은 고무 조각 같은 꼬리를 갖고 있었다. 아기 오리들이 연못에서 헤엄치는 모습이 꼭 노란 카나리아 새들 같았다. 몸은 새하얗고 다리는 새빨간 엄마 오리가 아기들에게 물속에서 물구나무 서는 방법을 가르치고 있었다.

"물구나무서기를 할 줄 모르면 최고 집단에 끼지 못한단다."

엄마 오리는 아기들에게 계속 잔소리를 했다. 그러다가 이따금 어떻게 물구나무서기를 하는지 직접 시험을 보였다. 하지만 아기 오리들은 엄마에게 주목하지 않았다. 너무 어려서 무리에 끼면 어떤 이익을 얻을지 아직 몰랐다.

물쥐 영감이 큰 소리로 말했다.

"정말 말을 안 듣는 애들이구먼! 저런 녀석들은 한번 물에 빠져서 혼쭐이 나야 된다니까."

엄마 오리가 대답했다.

"그렇지 않아요. 누구나 시작할 때는 어려울 테고, 한없는 인내심을 발휘해야 되는 게 부모죠."

물쥐가 말했다.

"이런! 나야 부모의 감정에 대해서는 아는 게 없지. 가족이 없으니까. 사실 나는 결혼해본 적도 없고, 결혼할 의사도 없지. 사랑은 그 나름대로 아주 좋은 것이지만, 우정이 훨씬 숭고한 거라오. 사실 이 세상에서 충직한 우정보다 귀하거나 희귀한 게 없다는 것을 난 잘 알지."

"그러면 충직한 우정의 의무에 대해서는 어떻게 생각하시는데요?"

초록색 홍방울새가 물었다.

새는 근처의 버드나무에 앉아서 오리와 물쥐의 대화를 듣고 있었다.

엄마 오리가 말했다.

"그래요, 내가 알고 싶은 것도 바로 그거예요."

오리는 연못 끝으로 헤엄쳐 가서, 아이들에게 시범을 보여주려고 물구나무서기를 했다.

물쥐가 말했다.

"이렇게 어리석은 질문이 있나! 당연히 나는 내게 충직함을 보여주는 충직한 친구를 기대하지."

"그럼 영감님은 그 보답으로 뭘 해주실 건데요?"

작은 새가 물었다.

홍방울새는 은색 나뭇가지에서 몸을 움직이고는 조그만 날개를 퍼덕였다.

"네가 무슨 말을 하는지 모르겠구나."

물쥐 노인이 대답했다.

홍방울새가 말했다.

"제가 그 문제와 관련된 이야기를 해드릴게요."

물쥐가 물었다.

"나에 대한 이야기냐? 그렇다면 내 귀담아들으마. 나는 이야기를 굉장히 좋아하거든."

"영감님이랑도 관계있는 이야기죠."

홍방울새가 대답했다.

새는 아래로 내려가 물가에 내려앉아서, 충직한 친구에 대한 이야기를 시작했다.

"오래전에 한스라는 정직한 사람이 있었어요."

"대단한 저명인사인가?"

물쥐 노인이 물었다.

홍방울새가 대답했다.

"아니요. 저명인사까지는 아닐 거예요. 다만 친절한 마음씨와 재미나고 사람 좋은 둥그스름한 얼굴을 가진 사람이었지요."

홍방울새가 말을 이어갔다.

"한스는 작은 오두막집에서 혼자 살았고 매일 정원에서 일했어요. 시골 동네에서 아름답기로는 한스의 정원만 한 정원이 없었어요. 정원에는 수염패랭이꽃이며 비단향꽃무, 냉이, 미나리아재비가 피어 있었어요. 다마스크 장미, 노란 장미, 연보랏빛 크로커스, 황금색과 보라색과 흰색 제비꽃도 있었죠. 매발톱꽃이며 황새냉이, 꽃박하, 야생 나륵풀, 노란 구륜앵초, 백합, 수선화, 분홍 클로버도 자랐고요. 철 지나 꽃들이 죽으면 그 자리에 제철인 꽃들이 차례로 피어났어요. 그래서 정원은 언제나 보기 좋고 향내가 진동했지요."

"가난한 한스는 친구가 제법 많았지만, 그중에서도 가장 충직한 친구는 부유한 방앗간 주인 휴였어요. 사실 부유한 방앗간 주인은 가난한 한스에게 어찌나 충직했던지, 그의 정원을 지날 때마다 걸음을 멈추고 울타리 위로 몸을 굽혀 꽃을 한 아름 꺾었어요. 향긋한 허브를 한 움큼 뜯거나, 과일이 열리는 계절이면 자두와 체리를 따서 주머니마다 채웠지요."

"방앗간 주인은 '진정한 친구라면 모든 것을 나누어야지'라고 말하곤 했고, 가난한 한스는 고개를 끄덕이며 빙긋 웃었어요. 그는 그런 고귀한 생각을 가진 친구가 있는 것이 무척 자랑스러웠어요."

"솔직히 종종 이웃들은 부유한 방앗간 주인이 가난한 한스에게 보답으로 아무것도 주지 않는 것을 의아해했어요. 휴는 방앗간에 밀가루 백 자루를 쌓아두고 사는 사람인데도 말이지요. 그 외에도 젖소 여섯 마리와 털이 복실복실한 양 떼까지 가지고 있었거든요. 하지만 한스는 이런 생각으로 마음을 괴롭힌 적이 없었어요. 방앗간 주인에게 사심 없는 진정한 우정에 대한 멋진 말을 듣는 것보다 즐거운 일은 없었으니까요."

"그렇게 가난한 한스는 정원에 나가 일했어요. 봄, 여름, 가을 동안 그는 굉장히 행복했지만, 겨울이 오면 시장에 내다 팔 과일이나 꽃이 없었기에 추위와 허기로 무척 고생을 했지요. 저녁 때 고작 마른 콩 몇 개나 딱딱한 견과 몇 알을 먹고 잠자리에 드는 날도 많았죠. 또 겨울이 되면 한스는 말할 수 없이 외로웠어요. 그 시기에는 방앗간 주인도 만나러 오지 않았거든요."

"방앗간 주인은 아내에게 이렇게 말하곤 했어요. '눈이 쌓여 있는 한 가난한 한스를 만나러 가봤자 쓸데없는 짓일 뿐이지. 누군가 곤란을 겪을 때는 찾아가서 성가시게 굴지 말고 혼자 내버려 둬야 해. 적어도 나는 그게 우정이라고 생각하고, 내 생각이 옳다고 확신해. 그러니 봄이 올 때까지 기다렸다가 그 친구를 찾아갈 거야. 그러면 한스가 앵초를 한 바구니에 넉넉하게 담아서 줄 테고, 그 친구에게는 그게 행복일 거야.'"

"휴의 아내는 '당신은 정말로 배려심이 큰 사람이에요'라고 응수했어요. 그녀는 소나무 장작이 활활 타는 난로 옆, 안락의자에 앉아 있었죠. 부인이 말을 이었어요. '정말 마음 씀씀이가 깊죠. 당신이 우정에 대해 말하는 것을 듣는 것만으로도 큰 신세를 지는 거죠. 3층 집에 살고 새끼손가락에 금반지를 낀 목사님도, 당신처럼 멋진 말들을 하지 못할 테니까요.'"

"방앗간 주인의 막내아들이 끼어들었어요. '하지만 가난한 한스 아저씨한테 우리 집에 오시라고 하면 안 되나요? 가난한 한스 아저씨가 고생을 하신다면, 제가 죽의 절반을 나눠드리고 흰 토끼들을 보여드릴래요.'"

"방앗간 주인이 소리쳤어요. '이렇게 멍청한 녀석이 있나! 내
가 너를 학교에 보내는 게 무슨 쓸모가 있는지 모르겠다. 뭣 하
나 배우는 게 없는 것 같으니 말이야. 가난한 한스가 여기 올라
와서 우리 집의 따뜻한 난로와 우리가 먹는 맛있는 식사와 우
리가 마시는 고급 적포도주 통을 보면, 그는 질투심을 느끼겠
지. 그리고 질투심은 가장 끔찍한 것이어서 어떤 사람의 성품
도 망쳐놓고 말지. 나는 한스의 성품이 망가지게 내버려 두지
않을 거야. 나는 그의 단짝 친구이니, 언제까지나 그 친구를 지
켜보면서 그가 어떤 유혹에도 빠지지 않게 단속할 거야. 게다
가 한스가 여기 오면, 내게 밀가루를 외상으로 달라고 부탁할
지 몰라. 난 그렇게는 못 하지. 밀가루는 밀가루고, 우정은 우
정이니 그 두 가지를 혼동하면 안 되지. 그 두 말은 글자도 다
르고 뜻도 완전히 다르거든. 그걸 모르는 사람이 어디 있나.'"

"방앗간 주인의 아내가 큰 잔에 따끈한 맥주를 따르면서 응
수했어요. '말도 참 잘하시지! 난 졸리려고 해요. 꼭 교회에 있
는 것 같다니까요.'"

"방앗간 주인이 대답했어요. '행동을 잘하는 사람은 많지만,
말을 잘하는 사람은 아주 드물지. 그걸 보면 두 가지 중 말이
훨씬 더 어렵다는 게 드러나지. 훨씬 더 세련된 것이기도 하
고.' 그리고 그는 식탁 너머로 아들에게 엄격한 표정을 지었지
요. 아이는 수치스러워서 고개를 숙였고, 점점 얼굴이 빨개지
더니 울기 시작했어요. 하지만 아직 어린 나이니 우리가 아이
탓을 하면 안 되겠죠."

물쥐 노인이 물었다.

"그게 이야기의 끝이냐?"

홍방울새가 대답했다.

"물론 아니죠. 거기서 이야기가 시작되는걸요."

물쥐가 말했다.

"그렇다면 네가 무척 시대에 뒤떨어지는구나. 요즘 뛰어난 이야기꾼들은 마지막 대목에서 이야기를 시작해서 첫 대목으로 넘어간 다음 중간 부분에서 마무리 짓거든. 그게 새로운 방식이지. 저번 날 젊은이와 함께 연못 주위를 거니는 비평가에게 그런 말을 들었지. 그는 이 문제에 대해 아주 길게 설명했고, 틀림없이 그의 견해가 옳을 거라고 난 믿는단다. 그가 파란 안경을 쓰고 대머리인 데다, 젊은이가 무슨 말을 하면 그때마다 '저런!'이라고 대꾸했거든. 하지만 네 이야기를 계속해 보렴. 나는 그 방앗간 주인이 무척이나 마음에 드는구나. 나도 온갖 종류의 아름다운 정서를 가지고 있기에, 우리 사이에 큰 공감대가 있을 거 같구나."

홍방울새가 차례로 이쪽저쪽 다리로 폴짝 뛰면서 계속 말을 이어갔다.

"겨울이 끝나고 앵초가 연노란색 꽃잎을 피우기 시작하자마자, 방앗간 주인은 아내에게 언덕 아래로 내려가 가난한 한스를 만나야겠다고 말했어요."

"부인이 말했어요. '어머나, 당신은 마음이 따뜻하시기도 하지! 당신은 늘 다른 사람들을 생각하시니 말이에요. 그리고 꽃을 담아 올 큼직한 바구니를 가져가세요.'"

"그래서 방앗간 주인은 물레방아의 날개를 튼튼한 쇠줄로

묶어두고, 바구니를 들고 언덕 아래로 내려갔어요."

"'잘 있었나, 한스'라고 방앗간 주인이 인사했어요."

"'잘 있었나'라고 한스도 인사했지요. 그는 삽에 몸을 기대고는 환한 미소를 지었어요."

"'그래 겨울 내내 어떻게 지냈나?'라고 방앗간 주인이 물었지요."

"한스가 대답했지요. '저기 실은 말이지, 이렇게 물어봐 주다니 자네는 정말 친절하군. 정말로 친절해. 나는 상당히 힘든 겨울을 보낸 것 같긴 하네만 이제 봄이 왔으니 굉장히 행복하다네. 내 꽃들이 잘 피고 있거든.'"

"방앗간 주인이 말했어요. '겨울 동안 우리는 자네 이야기를 자주 했다네, 한스. 그리고 자네가 어떻게 지내고 있는지 궁금했지.'"

"한스가 말했어요. '고맙기도 하지. 자네가 날 잊었다는 생각이 들기도 했는데 말일세.'"

"방앗간 주인이 대답했지요. '한스, 나는 자네 말에 놀랐네. 우정은 잊는 게 아니라네. 그게 우정의 근사한 점이기도 하지. 한데 자네가 인생의 맛을 이해 못 하는 것 같군. 말이 났으니 말이지 자네가 키운 앵초는 정말 보기 좋구먼그래!'"

"확실히 아주 아름답게 피어났지. 내게 크나큰 행운이 따라 줘서 이렇게 흐드러지게 많이 피었지. 나는 이 꽃들을 시장에 가져가서, 시장 따님에게 팔 작정이라네. 그리고 꽃을 판 돈으로 내 손수레를 다시 사 올 거야."

"자네 손수레를 다시 사 올 거라고? 설마 손수레를 팔았다는 얘기는 아니겠지? 그런 어리석은 짓이 또 있을까!"

"한스가 말했어요. '저기, 사실은 말이지. 알다시피 내게 겨울은 혹독한 시간이어서, 빵 살 돈이 없었지. 그래서 처음에는 나들이할 때 입는 재킷에 달린 은 단추를 내다 팔았다네. 그다음에는 은 시곗줄을 팔았고, 그 후에는 커다란 파이프 담배를 팔았지. 그러다 마지막으로 내 손수레를 팔았네. 하지만 이제 다시 그 물건들을 되사 올 거야.'"

"방앗간 주인이 말했어요. '한스, 내 손수레를 자네에게 주겠네. 손수레의 상태가 아주 좋지는 않네. 사실 한쪽 옆면이 떨어져나가고 바퀴살은 고장 났지만, 그렇다 해도 그걸 자네에게 주겠네. 내가 크게 선심 쓴다는 것을 알고, 그 물건을 주는 것을 알면 많은 이들이 나를 말도 못 하게 어리석다고 생각하겠지. 하지만 나는 다른 세상 사람들과는 다르다네. 나는 선심이야말로 우정의 핵심이라고 생각하네. 게다가 나는 새 손수레를 샀거든. 그러니 자네는 마음을 편히 먹어도 되네. 내가 손수레를 자네에게 줄 테니.'"

"가난한 한스는 말했어요. '정말이지 자네는 너그러운 사람이야.' 그의 유쾌한 둥근 얼굴이 기쁨으로 환해졌지요. 한스가 덧붙였어요. '손수레는 내가 쉽게 손볼 수 있을 거야. 집에 나무 널빤지 한 장이 있으니까.'"

"방앗간 주인이 말했지요. '나무 널빤지가 있다니! 내 헛간 지붕에 필요한 게 바로 그거라네. 지붕에 아주 크게 구멍이 뚫려서, 그 자리를 막지 않으면 옥수수가 죄다 젖어버릴 거야. 자네가 널빤지 말을 꺼내다니 정말 운이 좋군! 선행은 다른 선행을 낳는다니까! 내가 자네에게 손수레를 준다고 했는데, 이제는 자네가 내게 널빤지를 주게 생겼으니 말이지. 물론 널빤지보다야 손수레가 훨씬 더 값어치가 크지만, 진정한 우정은 그런 것들을 구분하지 않는다네. 당장 널빤지를 가져다주게. 나는 오늘 당장 헛간을 수리해야겠네.'"

"가난한 한스는 '그렇게 하지'라고 말하고, 헛간으로 달려가서 널빤지를 끌고 나왔어요."

"방앗간 주인은 널빤지를 쳐다보면서 말했어요. '널빤지가 별로 크지는 않구먼. 그러니 내 헛간 지붕을 고치고 나면, 자네가 수레를 수리하는 데 쓸 널빤지가 남을 것 같지 않네. 하지만 당연히 그거야 자네 잘못이지. 이제 내가 자네에게 손수레를 주기로 했으니까, 자네는 그 보답으로 내게 꽃을 좀 주고 싶겠지. 여기 바구니가 있네. 거기다 하나 가득 담아주겠지?'"

"'하나 가득 담으라고?' 가난한 한수는 애처롭게 말했어요. 바구니가 아주 커서, 거기 하나 가득 담으면 시장에 내다 팔 꽃이 남지 않으리란 것을 알았으니까요. 그는 은 단추를 되사고 싶은 마음이 간절했거든요."

"방앗간 주인이 대답했어요. '그럼, 물론이지. 내가 자네에게 손수레를 주는데, 그깟 꽃 몇 송이를 달라고 하는 게 무리는 아닐 거라는 생각이 드네. 내가 틀렸을지 모르겠네만 나는 우정은, 진정한 우정은 어떤 종류의 이기심도 없는 것이라고 생각했네.'"

"가난한 한스가 말했어요. '내 사랑하는 친구, 내 단짝 친구인 자네에게 내 정원에 핀 꽃을 전부라도 주겠네. 언제든 내 은 단추보다는 자네의 좋은 의견을 더 듣고 싶다네.' 그러더니 그는 뛰어가서 예쁜 앵초를 모두 꺾어서, 방앗간 주인의 바구니에 가득 담았어요."

"방앗간 주인은 '잘 있게, 한스'라고 인사하고, 어깨에 널빤지를 짊어지고 손에는 커다란 바구니를 들고 언덕을 올라갔어요."

"가난한 한스는 '잘 가게'라고 인사하고, 흥겹게 땅을 파기 시작했지요. 손수레가 생긴다는 생각에 신바람이 났지요."

"다음 날 한스가 현관 지붕에 인동덩굴을 올리고 있는데, 방앗간 주인이 길에서 그를 부르는 소리가 들렸어요. 그래서 그는 사다리에서 뛰어 내려가 정원을 달려가서 울타리 밖을 내다보았지요."

"울타리 밖에는 커다란 밀가루 자루를 등에 짊어진 방앗간 주인이 있었어요."

"방앗간 주인이 말했지요. '이보게, 한스. 나 대신 이 밀가루 자루를 장에 내가서 팔아주겠나?'"

"한스가 대답했어요. '아, 정말 미안하네만 사실 난 오늘 몹시 바쁘다네. 덩굴 식물들을 모두 벽에 올려줘야 하고, 잔디를 깎아야 되거든.'"

"방앗간 주인이 대답했어요. '저기 실은 말이지, 내가 자네에게 손수레를 줄 거라는 점을 고려해볼 때 자네가 거절하는 것은 좀 무정하다는 생각이 드는군.'"

"가난한 한스가 대답했지요. '아, 그런 말 하지 말게. 어떤 일이 있다 해도 나는 무정하게 굴고 싶지 않네.' 그러더니 그는 뛰어가서 모자를 갖고 나와, 어깨에 커다란 자루를 메고 비척비척 걷기 시작했지요."

"무척 무더운 날이었고, 길에는 지겹도록 먼지가 많았어요. 그래서 한스는 여섯 번째 표지석에 닿기도 전에 너무 지쳐서 앉아서 쉬어야 했지요. 하지만 그는 계속 용감하게 걸었고, 마침내 장터에 도착했어요. 거기서 한참 기다린 끝에 그는 밀가루 자루를 아주 좋은 값에 팔았고, 곧장 집으로 돌아갔지요. 너무 시간이 늦으면 도중에서 강도를 만날까 걱정스러웠거든요."

"가난한 한스는 잠자리에 들면서 혼잣말로 중얼댔어요. '무척이나 힘든 하루였어. 하지만 방앗간 주인의 청을 거절하지 않아서 다행이야. 그는 내 단짝 친구고, 게다가 그가 손수레를 내게 줄 테니까 말이야.'"

"다음 날 아침 일찍 방앗간 주인은 밀가루 값을 받으러 내려왔지만, 한스는 지친 나머지 앓아누워 버렸지요.

"방앗간 주인이 말했어요. '내 분명히 말하건대 자네는 몹시 게으르군. 사실 내가 자네에게 손수레를 줄 거라는 점을 미루어볼 때, 나는 자네가 더 열심히 일을 해야 한다고 생각하네. 게으름은 크나큰 죄악이고, 당연히 나는 내 어떤 친구든 게으름을 부리거나 나태한 꼴은 보고 싶지 않네. 내가 자네에게 솔직하게 말하는 것을 못마땅하게 여기면 안 되네. 물론 내가 자네의 친구가 아니라면, 솔직하게 말할 꿈도 꾸지 않을 걸세. 하지만 심중에 있는 말을 있는 그대로 말할 수 없다면 우정이 무슨 소용이 있겠나? 누구라도 입에 발린 말을 해서 비위를 맞추고 아첨할 수 있지. 하나 진정한 친구는 언제나 쓴소리를 할 거야. 친구의 마음을 상하게 하는 것을 개의치 않을 걸세. 사실 진정 진실한 친구라면 쓴소리를 해주는 쪽을 더 좋아할 걸세. 그게 잘하는 일이라는 것을 알기 때문이지.'"

"한스가 눈을 비비고 잠옷 모자를 벗으면서 말했어요. '정말 미안하게 됐네. 하지만 너무 지쳐서, 잠시 침대에 누워서 새들의 노랫소리를 들을까 싶었다네. 내가 언제나 새들의 노래를 들은 후에 일을 더 잘한다는 것을 자네도 알고 있지 않나?'"

"방앗간 주인이 한스의 등을 탁 때리면서 말했어요. '아, 그렇다니 잘됐구먼. 자네가 옷을 챙겨 입는 대로 방앗간에 올라와서, 내 대신 헛간 지붕을 수리해주면 좋겠네.'"

"가여운 한스는 그의 정원에 나가서 일하고 싶은 마음이 굴뚝같았지요. 그가 이틀 동안이나 꽃에 물을 주지 않았거든요. 하지만 방앗간 주인은 그에게 참 좋은 친구였기에 청을 거절하고 싶지 않았어요."

"'내가 바쁘다고 말하면 자네는 나를 인정머리 없다고 생각하려나?' 한스가 멋쩍고 쑥스러운 목소리로 물었지요."

"방앗간 주인이 대답했어요. '저, 솔직히 내가 자네에게 손수레를 줄 거라는 점을 고려할 때, 내 부탁이 지나치게 과하다고는 생각하지 않네. 하지만 물론 자네가 거절한다면 내가 가서 직접 지붕을 수리하겠네.'"

"한스는 '아니! 그러지 말게'라고 말하고는, 침대에서 뛰어내려와 옷을 챙겨 입었지요. 그리고 헛간으로 올라갔어요."

"그는 해 질 녘까지 종일토록 거기서 일했어요. 그리고 해가 지고 나서 방앗간 주인은 한스가 일을 어떻게 하는지 보러 왔지요."

"방앗간 주인이 쾌활한 말투로 소리쳤어요. '여보게 한스, 지붕에 난 구멍을 다 고쳤나?'"

"한스가 사다리를 내려오면서 대답했지요. '다 고쳤다네.'"

"그래! 남을 위해 하는 일이야말로 가장 기분 좋은 일이지."

"'자네가 하는 멋진 말들을 듣는다는 것은 분명히 대단한 특권일세'라고 한스는 대답했어요. 그는 앉아서 이마의 땀을 훔치면서 말을 이었어요. '아주 대단한 특권이네. 하지만 나는 자네처럼 그렇게 멋진 생각들을 못 할 것 같아.'"

"방앗간 주인이 대답했어요. '아닐세! 그런 생각들이 자네에게도 다가올 걸세. 하지만 자네는 고통을 감수해야 된다네. 지금 자네는 우정을 실천하기만 하면 되지. 하지만 언젠가 이론도 알게 될 걸세.'"

"한스가 물었어요. '정말 내가 그렇게 될 거라고 생각하나?'"

"방앗간 주인이 대답했지요. '난 그럴 거라고 확실히 믿네. 하지만 이제 지붕 수리를 마쳤으니 자네는 집에 돌아가서 쉬는 게 좋겠네. 내일은 자네가 내 양 떼를 산에 몰고 가주면 좋겠거든.'"

"가난한 한스는 이 요구에 대해 어떤 말도 하기가 겁났지요. 그래서 다음 날 아침 일찍 방앗간 주인은 양 떼를 오두막으로 데려왔고, 한스는 양 떼를 몰고 산을 향해 출발했어요. 산에 다녀오는 데 하루 종일 걸렸고, 돌아왔을 때는 너무 고단해서 의자에 앉은 채 잠들어 버렸지요. 다시 깨어보니 이미 날이 환하게 밝은 후였어요."

"'내 정원에 나가서 일하면 얼마나 즐거운 시간을 보내게 될까!' 한스는 그렇게 말하면서 당장 일하러 나갔어요."

"하지만 그는 꽃들을 보살필 형편이 되지 않았어요. 친구인 방앗간 주인이 날이면 날마다 찾아와서 그를 먼 곳에 심부름 보냈거든요. 그에게 방앗간 일을 돕게 하기도 했어요. 가난한 한스는 꽃들이 잊혔다고 서운해할 것 같아서 때로 몹시 낙심했어요. 하지만 방앗간 주인이 가장 친한 친구라는 점을 되새기면서 마음을 달랬지요. 그는 이렇게 말하곤 했어요. '게다가 그 친구가 내게 손수레를 줄 거잖아. 그건 순수한 자비심에서 우러난 행동이지.'"

"그래서 가난한 한스는 방앗간 주인을 대신해서 이런저런 일을 했고, 방앗간 주인은 우정에 대한 온갖 좋은 말을 늘어놓았어요. 한스는 그 말들을 공책에 받아 적고, 밤이면 반복해서 읽곤 했어요. 그는 훌륭한 학자의 자질을 갖춘 사람이었거든요."

"그러다가 어느 날 밤 한스가 난롯가에 앉아 있을 때, 요란하게 문을 쾅쾅 두드리는 소리가 났어요. 날씨가 몹시 사나운 밤이어서 집 주변에서 바람이 쌩쌩 불고 있었지요. 바람이 너무 거셌기 때문에 처음에 한스는 폭풍우 소리일 거라고 짐작했어요. 하지만 다시 문을 두드리는 소리가 들렸고, 세 번째로 이전보다 더 요란하게 문을 때리는 소리가 났어요."

"'가여운 길손인가 보군.' 한스는 혼잣말로 중얼대면서 문으로 달려갔어요."

"거기 방앗간 주인이 한 손에는 손전등을, 다른 한 손에는 큰 지팡이를 들고 서 있었어요.”

“방앗간 주인이 소리쳤어요. ‘여보게 한스, 내가 큰 곤란에 처했다네. 내 아들이 사다리에서 떨어지는 바람에 다쳐서 난 의사를 부르러 가는 길이라네. 그런데 의사의 집이 너무 먼 데다가 오늘 밤 날씨가 워낙 사납지 않나. 그런데 방금 나 대신 자네가 의사를 부르러 가는 편이 한결 낫겠다는 생각이 머리를 스치더군. 내가 자네에게 손수레를 줄 것이니 말이야. 그러니 자네가 그 보답으로 나를 위해 뭔가 해주는 게 공평한 처사가 아니겠나.’”

“가난한 한스가 말했어요. ‘그렇고말고. 난 자네가 찾아온 것을 칭찬으로 받아들이네. 당장 출발하겠네. 하지만 자네가 손전등을 빌려줘야 되겠네. 밤이 너무 어두워서 내가 도랑에 빠질까 염려되니 말이지.’”

“방앗간 주인이 대답했어요. ‘정말 미안하지만 이건 내가 새로 산 손전등이라네. 혹시 손전등에 무슨 일이라도 생기면 내게는 큰 손해가 될 거야.’”

“한스는 ‘저기 마음 쓰지 말게. 손전등 없이 다녀오겠네’라고 말했어요. 그는 두툼한 모피 외투를 입고 따뜻한 진홍색 모자를 쓰고, 목도리를 두르고 집을 나섰어요.”

“어찌나 폭풍우가 심했는지! 칠흑같이 어두워서 한스는 앞을 볼 수가 없었어요. 게다가 바람이 얼마나 심하게 부는지 가만히 서 있지도 못할 지경이었어요. 하지만 그는 무척 용감했어요. 한스는 세 시간쯤 걸은 끝에 의사의 집에 도착해서 문을 두드렸지요.”

"'거기 누가 왔소?' 의사가 침실 창문으로 머리를 내밀고 물었어요."

"한스입니다, 선생님."

"무슨 일로 왔나, 한스?"

"방앗간 주인의 아들이 사다리에서 떨어져서 다쳤답니다. 그래서 방앗간 주인이 당장 의사 선생님을 모셔 오라고 저를 보냈습니다."

"'알겠네!' 의사는 대답하고 말을 준비했어요. 그는 큼직한 장화를 신고 손전등을 챙겨서 아래층으로 내려왔지요. 의사는 방앗간 주인의 집을 향해 말을 타고 달렸고, 한스는 뒤따라서 터벅터벅 걸어갔어요."

"하지만 폭풍우가 점점 거세지고 비가 억수같이 쏟아졌어요. 한스는 어디로 가고 있는지, 혹은 의사의 말을 제대로 따라가고 있는지 알 수가 없었지요. 결국 그는 길을 잃고 황무지를 헤맸어요. 황무지에는 여기저기 깊은 구멍이 많아서 아주 위험했지요. 결국 한스는 황무지 물웅덩이에 빠졌어요. 다음 날 염소 치는 이들이 한스의 시신을 발견했어요. 그들은 큰 웅덩이에 떠다니는 그의 시신을 오두막집으로 옮겼지요."

"한스는 인심을 얻은 이웃이었기에 모두들 그의 장례식에 참석했어요. 방앗간 주인은 조문객 대표 노릇을 했지요."

"방앗간 주인은 말했어요. '내가 그와 가장 친한 친구이니까, 내가 상석을 차지하는 것이 합당합니다.' 그래서 그는 긴 검은 망토를 입고 장례 행렬의 맨 앞에서 걸었고, 가끔씩 커다란 손수건으로 눈가를 훔쳤어요."

"장례식이 끝나자 대장장이가 말했어요, '한스를 잃어서 모두들 아쉬울 겁니다.' 조문객들은 선술집에 느긋하게 앉아서 향료주를 마시고 달콤한 케이크를 먹었지요."

"방앗간 주인이 대답했어요. '아무튼 내게는 큰 손해지요. 내가 그 친구에게 손수레를 준 것과 다름없었는데, 이제 그걸 어떻게 처리해야 좋을지 모르겠거든요. 그 손수레가 집에서 보통 거치적거리는 게 아니고, 상태가 워낙 나쁜지라 팔아도 돈을 받지 못할 겁니다. 다시는 남에게 물건을 주는 짓은 하지 말아야겠어요. 꼭 인심 쓰고 고생을 하게 된다니까요.'"

한참 침묵이 흐른 후 물쥐가 입을 열었다.

"그래서?"

홍방울새가 대답했다.

"그래서 그게 끝이에요."

"그런데 방앗간 주인은 어떻게 됐지?"

물쥐가 물었다.

홍방울새가 대답했다.

"아! 모르겠는데요. 하지만 어떻게 됐든 제가 알 바 아니죠."

"네가 동정심이 없는 성품을 가졌음이 분명하구나."

물쥐가 말했다.

홍방울새가 말했다.

"할아버지는 이야기에 담긴 윤리를 모르시나 보네요."

"이야기에 담긴 뭐라고?"

물쥐가 빽 소리 질렀다.

"윤리요."

"이야기에 윤리가 담겼다는 말을 하는 게냐?"

"물론이죠."

홍방울새가 말했다.

물쥐가 몹시 화를 내며 쏘아붙였다.

"이런, 그러면 네가 이야기를 시작하기 전에 나한테 그 말을 해줬어야지. 네가 그런 말을 했다면 나는 네 이야기를 귀담아 듣지 않았을 게다. 사실 그 비평가처럼 '저런'이라고 말했을 거야. 하긴 지금 그 말을 하면 되겠네."

물쥐 노인은 큰 목소리로 "저런"이라고 말했다.

그는 꼬리를 휙 저으면서 다시 쥐구멍으로 들어갔다.

얼마 후 오리가 첨벙대며 다가와서 물었다.

"너는 물쥐 영감님을 어떻게 생각하니? 좋은 점을 아주 많이 가진 분이지. 하지만 나야 자식을 키우는 입장인지라, 확고한 독신주의자를 볼 때마다 눈물을 흘리지 않을 수가 없단다."

홍방울새가 대답했다.

"제가 물쥐 영감님의 신경을 건드린 것 같아요. 사실 윤리적인 이야기를 들려드렸거든요."

"이런! 그건 언제나 아주 위험한 일이지."

오리가 말했다.

오리의 말에 나도 동감!

우월한
로켓 폭죽

*

　　왕자의 혼례식이 열릴 예정이어서 온 나라가 들썩들썩하다. 왕자는 신부를 꼬박 일 년이나 기다렸고, 마침내 그녀가 도착했다. 신부는 러시아 공주였고, 핀란드에서 순록 여섯 마리가 끄는 썰매를 타고 먼 길을 왔다. 썰매는 커다란 황금색 백조처럼 생겼고, 백조의 양 날개 가운데 공주가 앉아 있었다. 그녀는 긴 흰 담비 망토가 발을 덮고, 머리에는 은으로 만든 작은 모자를 쓰고 있었다. 공주는 어릴 때부터 살았던 눈의 궁전처럼 창백했다. 어찌나 창백한지, 그녀가 썰매를 타고 거리를 지날 때 온 국민이 놀랐다.

"신붓감이 흰 장미 같아!"

모두들 그렇게 외쳤고, 발코니에서 공주에게 꽃을 던졌다.

성문에서는 왕자가 그녀를 맞이하기 위해 기다리고 있었

다. 왕자의 눈은 꿈의 보랏빛이었고, 머리칼은 순금 같았다. 그는 신붓감을 보자 한쪽 무릎을 꿇고서, 그녀의 손에 입을 맞추었다.

왕자가 말했다.

"그대의 초상화도 아름다웠지만, 실제 모습은 그림보다 더 아름답소."

그러자 공주는 얼굴을 붉혔다.

젊은 시종이 옆 사람에게 말했다.

"공주님이 전에는 흰 장미 같으시더니, 이제는 빨간 장미 같으시네요."

그 말에 궁정 전체가 기뻐했다.

이후 사흘간 누구 가릴 것 없이 모두 '흰 장미, 빨간 장미, 빨간 장미, 흰 장미'에 대해 말했고, 왕은 시종의 봉급을 두 배로 올려주도록 명했다. 시종은 아예 봉급을 받지 않았기에 왕의 명령은 그에게 별로 도움이 되지 않았다. 하지만 왕의 명령은 대단한 영광으로 여겨져서, 궁정 신문에 정식으로 발표되었다.

사흘이 지나자 결혼식이 거행되었다. 예식은 성대했고, 진주 알이 수놓인 보라색 차양 아래서 신랑 신부는 손을 맞잡고 걸었다. 예식 후 열린 궁정 만찬은 다섯 시간 동안 계속되었다. 왕자와 왕자비는 대연회실의 상석에 앉아서, 투명한 수정 컵으로 술을 마셨다. 진정한 연인들만이 이 컵으로 술을 마실 수 있었다. 가짜 연인의 입술이 닿으면 컵이 회색으로 변해 뿌옇게 탁해졌으니까.

젊은 시종이 말했다.

"두 분이 수정처럼 맑게 서로 사랑하는 게 확실하네요!"

그러자 왕은 다시 한 번 시종의 봉급을 두 배로 올려주었다.

"얼마나 큰 영광인가!"

모든 신하들이 말했다.

만찬이 끝난 후 무도회가 열릴 예정이었다. 신랑과 신부가 같이 춤을 출 터였고, 왕은 플루트 연주를 하겠다고 약속했다. 그의 연주 솜씨는 형편없었지만, 그 누구도 감히 왕에게 그렇게 말하지 않았다. 그가 왕이었으니까. 사실 왕은 두 가지 멜로디만 알았고, 그가 어느 멜로디를 연주하고 있는지 확실히 몰랐다. 하지만 그건 문제가 되지 않았다. 왕이 무슨 일을 하든지 모두들 "대단하십니다! 대단하십니다!"라고 외쳤으니까.

프로그램의 마지막 순서는 화려한 불꽃놀이였다. 불꽃놀이는 자정 정각에 시작될 예정이었다. 왕자비는 지금까지 불꽃놀이를 본 적이 없었고, 그래서 왕은 왕실 폭죽 제조자에게 왕자의 결혼식 날 반드시 거행하라는 명령을 내렸다.

어느 아침 왕자비는 테라스에서 거닐다가 왕자에게 물었다.

"불꽃놀이는 어떤 모양인가요?"

"그것은 북극의 오로라와 비슷하지."

왕이 대답했다.

그는 늘 다른 사람들이 받은 질문을 가로채서 대답했다. 왕은 이어서 설명했다.

"다만 훨씬 더 자연스럽지. 나는 별들보다 불꽃이 더 마음에 든단다. 왜냐면 불꽃은 언제 나타날지 늘 알 수 있으니까. 또 내가 하는 플루트 연주만큼이나 사람들을 즐겁게 하지. 왕자비가 불꽃놀이를 꼭 보면 좋겠구나."

불꽃놀이를 하기 위해서 왕의 정원 끝 쪽에 큰 단이 세워졌다. 왕실 폭죽 제조자가 모든 도구를 제자리에 설치하자마자, 폭죽들이 서로 대화를 나누기 시작했다.

작은 폭죽이 말했다.

"세상은 확실히 무척 아름다워. 저기 노란 튤립 좀 보라니까. 세상에! 저 꽃들이 진짜 폭죽들이라고 해도 더 아름다울 수는 없을 거야. 내가 여행을 하게 돼서 정말 다행이야. 여행은 정신을 멋지게 성장시키고, 편견을 떨치게 해주니까."

커다란 로만 캔들*이 말했다. "왕의 정원이 세상의 전부는 아니야, 멍청이 폭죽아. 세상은 넓은 곳이라고. 그래서 세상을 쭉 둘러보려면 최소한 사흘은 걸릴 거야."

"어디든 사랑이 있는 곳이 그 사람에게는 세상인 거야."

시무룩한 캐서린 휠**이 말했다.

그녀는 어릴 때 전나무 널빤지 상자를 좋아했고, 상처 입은 가슴을 자랑으로 여겼다.

캐서린 휠이 말을 이었다.

"하지만 이제는 사랑이 멋지지 않아. 시인들이 사랑을 죽여 버렸거든. 사랑에 대해 하도 많이 쓰는 바람에 아무도 사랑을 믿지 않게 되었지. 난 그게 놀랍지도 않아. 진정한 사랑은 괴로움을 겪고 침묵을 지키지. 나도 한 번 그런 기억이 있긴 하지만

____

* 통 모양의 폭죽 – 옮긴이

** 회전하는 폭죽 – 옮긴이

지금은 아무 문제도 되지 않아. 로맨스는 그저 과거일 뿐이니까."

로만 캔들이 말했다.

"말도 안 되는 소리! 로맨스는 죽지 않아. 그것은 달과 같고 영원히 살지. 예를 들면 신랑과 신부는 서로 아주 깊이 사랑하지. 오늘 아침에 갈색 포장 상자에게 들었어. 우연히 그와 내가 한 서랍에 들어 있었거든. 그는 궁정의 최근 소식을 알더라고."

하지만 캐서린 휠은 고개를 저었다.

"로맨스는 죽었어, 로맨스는 죽었어, 로맨스는 죽었어."

그녀가 중얼댔다.

캐서린 휠은 같은 말을 수없이 되뇌면 결국 그대로 이루어진다고 믿는 부류였다.

갑자기 날카로운 마른기침 소리가 들렸다. 폭죽들 모두 소리 나는 쪽으로 고개를 돌렸다.

거만해 보이는 로켓 폭죽의 기침 소리였다. 키가 큰 그는 긴 막대기 끝에 묶여 있었다. 그는 늘 말을 하기 전에 시선을 잡으려고 기침을 했다.

"어험! 어험!"

로켓 폭죽이 말하자, 모든 폭죽이 귀를 기울였다. 캐서린 휠만 예외였다. 캐서린 휠은 여전히 고개를 저으면서 "로맨스는 죽었어"라고 중얼거렸다.

"정숙! 정숙!"

크래커 폭죽이 외쳤다.

그는 정치가와 비슷해서, 늘 지방 선거에서 중요한 역할을

도맡다 보니 의회에서 쓰는 용어를 사용했다.

"완전히 죽었어."

캐서린 휠은 그렇게 속삭이고는 잠자러 가버렸다.

사방이 잠잠해지자마자 로켓 폭죽은 세 번째로 기침을 하고 나서 말을 시작했다. 그는 아주 천천히 또박또박 말했다. 마치 회고록을 구술이라도 하는 것 같았다. 또 그는 언제나 말을 할 때는 듣는 상대방의 어깨 너머를 쳐다보았다. 사실 그는 말을 할 때 가장 좋은 자세가 무엇인지 알았다.

로켓 폭죽이 말했다.

"왕의 아들은 정말로 엄청난 행운아야! 내가 쏘아 올려지는 바로 오늘 결혼식을 올리니 말이야! 정말이지 미리 정해지지 않았다면 왕자는 멋진 불꽃놀이를 볼 수 없었을 수도 있었지. 하지만 왕자들이야 늘 운이 좋으니까."

작은 폭죽이 말했다.

"맙소사! 난 그 반대라고 생각했는데. 우리가 왕자에게 경의를 표하기 위해 쏘아 올려진다고 알았거든."

로켓 폭죽이 대답했다.

"너한테는 그럴지 모르지. 사실 난 그럴 거라고 믿어. 하지만 내 경우는 다르다고. 나는 우월한 로켓 폭죽이거든. 우월한 부모님한테서 태어났어. 내 어머니는 그 시절에 가장 인기 좋은 캐서린 휠 폭죽이었고, 우아한 춤 솜씨로 유명했지. 어머니는 공개석상에 모습을 드러내서, 열아홉 차례나 회전한 후에 꺼졌고, 매번 회전할 때마다 공중에 분홍 별 일곱 개를 쏟아냈지. 어머니는 지름이 10센티미터였고, 최고급 폭약으로 제조되었어. 내 아버지는 나처럼 로켓 폭죽이었고, 프랑스산 폭약으로 제조되었지. 그가 어찌나 높이 솟구쳤던지, 사람들은 그가 다시 내려오지 않을까 봐 걱정했지. 하지만 아버지는 친절한 성품을 가진 분이었기에 다시 내려왔고, 황금색 빗줄기를 화려하게 퍼부었지. 신문들은 아버지의 솜씨를 극찬하는 기사를 썼어. 사실 궁정 신문은 그를 폭죽 제주자의 승리라고 부르기도 했지."

"폭죽 제주자 …… 폭죽 제조자를 말하는 거겠지. 폭죽 제조자가 맞는 말이야. 내 통에 그렇게 적힌 것을 봤거든."

벵골 폭죽*이 말했다.

"저기, 난 분명히 폭죽 제주자라고 말했어."

로켓 폭죽이 매몰찬 어조로 대꾸했다.

그러자 벵골 폭죽은 자존심이 상한 나머지 당장 작은 폭죽들을 괴롭히기 시작했다. 그렇게 해서라도 그가 여전히 중요한 인물이라는 것을 과시하려 했다.

로켓 폭죽이 계속 말했다.

"내 말은 …… 내 말은 말이지 …… 내가 무슨 말을 하고 있었지?"

"네 이야기를 하던 참이었어."

로만 캔들 폭죽이 대답했다.

"물론 그렇지. 내가 흥미로운 주제에 대해 말하던 중에 무례한 말참견을 당했다는 것쯤은 알고 있어. 난 무례함과 모든 종

---

* 청백색 빛을 지속적으로 내는 폭죽 – 옮긴이

류의 나쁜 태도가 싫어. 난 극도로 민감하거든. 세상을 통틀어 나만큼 민감한 사람은 아무도 없을 거야. 난 확신할 수 있어."

"민감한 사람이 뭔데?"

크래커 폭죽이 로만 캔들에게 물었다.

"티눈이 있어서 노상 다른 사람의 발을 밟는 사람이지 뭐."

로만 캔들 폭죽이 속삭이며 말했다.

그러자 크래커 폭죽은 와락 웃음을 터뜨렸다.

"도대체 뭐가 우습지? 난 웃긴 말 한 적 없는데."

로켓 폭죽이 물었다.

"내가 웃는 것은 행복해서야."

크래커 폭죽이 대답했다.

로켓 폭죽이 화를 내며 말했다.

"그거야말로 정말 이기적인 말이군. 네가 무슨 권리로 행복한데? 넌 다른 이들에 대해서 생각해야 해. 특히 넌 나에 대해 생각해야 돼. 나는 언제나 나 자신에 대해 생각하고, 그러니 모두 나에 대해 생각해야 한다고 생각해. 그게 소위 공감이라는 거거든. 그건 아름다운 미덕이고, 나는 상당한 수준의 공감 능력을 가졌지. 예를 들어 오늘 밤 나에게 무슨 일이 벌어진다면, 모든 이에게 얼마나 큰 불운이 되겠어! 왕자와 왕자비는 다시는 행복하지 않을 테고, 그들의 결혼 생활 전체가 망쳐질 거야. 또 왕은 어떻겠어? 그는 그 일을 극복하지 못할 거라고. 난 알 수 있어. 사실 내 위치의 중요성에 대해 생각하기 시작하면 난 감동해서 울 것 같다고."

로만 캔들 폭죽이 대꾸했다.

"다른 이들에게 기쁨을 주고 싶으면, 울지 않는 게 좋을 거야."

"가장 마른 상태를 유지해야 잘 터질 테니까."

"물론이지, 그건 상식인걸."

벵골 폭죽이 맞장구쳤다. 이제 그는 기분이 나아졌다.

로켓 폭죽이 화를 내며 말했다.

"상식 좋아하네! 내가 아주 특별하다는 것을 잊었구먼. 대단히 우월하다는 것을 말이야. 그래, 상상력이 없어도 누구든 상식을 가질 수 있겠지. 하지만 나는 상상력을 갖고 있어. 난 모든 것을 실제 있는 그대로 보지 않거든. 늘 아주 다르게 생각하지. 울지 말라는 것만 해도 그래. 여기 감성적인 면을 제대로 평가할 줄 아는 이가 아무도 없군. 나로서는 다행스럽게도 아무 상관 없어. 평생토록 버티게 하는 것은 다른 모든 이들의 큰 열등감이고, 난 늘 그 느낌을 갖고 살았어. 한데 당신들 모두 심장이 없다고. 마치 방금 왕자와 왕자비가 결혼하지 않기라도 한 것처럼 다들 여기서 웃고 떠들고 있잖아."

작은 풍선 폭죽이 말했다.

"저, 왜 그러면 안 되는데? 가장 즐거운 행사인걸. 나는 공중으로 솟아오르면서 별들에게 왕자의 결혼식에 대해 말해줄 작정이야. 내가 어여쁜 신부에 대해 말하면 별들이 반짝이는 것을 보게 될걸."

로켓 폭죽이 말했다.

"쯧쯧! 편협한 인생관하고는! 하지만 내 그럴 줄 알았지. 너희 안에는 아무것도 없어, 너희는 속이 텅텅 비었다고. 그래,

아마도 왕자와 왕자비가 어느 나라에 가서 사는데, 그곳에 깊은 강이 있을지도 몰라. 그들에게는 외아들이 있을지 모르지. 왕자처럼 보랏빛 눈동자에 금발일 테지. 어쩌면 어느 날 아이가 보모랑 산책하러 나갈 테고, 아마도 어린아이는 그 깊은 강에 빠져서 익사할지도 모르지. 얼마나 무서운 불행이야! 외아들을 잃은 사람들이야말로 정말 가엾지! 너무나도 끔찍한 일이야! 나라면 그런 일을 극복하지 못할 거라고.”

로만 캔들 폭죽이 말했다.

“하지만 그들은 외아들을 잃지 않았고, 그들에게는 아무 불행한 일도 일어나지 않았는걸.”

로켓 폭죽이 대답했다.

“나는 그들이 그런 일을 당했다고 말하지 않았어. 그럴지도 모른다고 말한 것뿐이야. 그들이 외아들을 잃는다면 그 문제에 대해 더 왈가왈부해도 소용이 없을 테지. 난 엎질러진 물 때문에 울고불고하는 자들이 싫어. 하지만 그들이 외아들을 잃을지 모른다는 생각을 하면, 확실히 나는 무척 큰 영향을 받아.”

벵갈 폭죽이 말했다.

“너야 확실히 그렇겠지! 사실 내가 만나본 폭죽 중에서 가장 영향을 많이 받는 폭죽이 너니까.”

로켓 폭죽이 대꾸했다.

“내가 만나본 중에서 가장 무례한 폭죽은 너야. 그리고 너는 왕자를 향한 내 우정을 이해하지 못해.”

로만 캔들이 쏘아붙였다.

“어머, 넌 왕자를 알지도 못하잖아.”

로켓 폭죽이 대답했다.

"내가 그를 안다고 말한 적 없어. 분명히 말하거니와, 내가 그를 안다 해도 결코 그의 친구가 되지 않을 거야. 누군가의 친구들을 아는 것은 아주 위험한 일이거든."

풍선 폭죽이 말했다.

"울지 않는 편이 좋을 거야. 그게 가장 중요한 일이야."

로켓 폭죽이 대답했다.

"틀림없이 너한테는 중요한 일이겠지만, 나는 울고 싶으면 울 거야."

실제로 그는 진짜로 울음을 터뜨렸고, 막대기에 빗물처럼 눈물이 줄줄 흘렀다. 그 바람에 집을 지을 생각을 하면서 들어가서 살 마른 곳을 찾던 딱정벌레 두 마리가 물에 빠져 죽을 뻔했다.

캐서린 휠 폭죽이 말했다.

"그는 정말로 로맨틱한 성격을 가졌나 봐. 울 일이 전혀 없는데도 우는 걸 보면 틀림없이 그럴 거야."

그녀는 깊은 한숨을 쉬면서 널빤지로 만든 상자에 대해 생각했다.

하지만 로만 캔들과 벵골 폭죽은 발끈해서 계속 큰 소리로 "사기야! 사기!"라고 악을 썼다. 그들은 극도로 현실적이어서, 어떤 것에 반대하면 그 일을 사기로 몰았다.

그러다가 멋진 은 방패처럼 달이 솟았고, 별들이 반짝이기 시작했다. 궁전에서 음악 소리가 흘러나왔다.

왕자와 왕자비가 앞장서서 춤을 추었다. 그들이 어찌나 아름답게 춤을 추는지 키가 큰 하얀 백합이 창가에서 몰래 들여다보며 그들을 구경했다. 또 예쁜 빨간 양귀비들은 고개를 끄덕이며 박자를 맞추었다.

그러다가 시계가 열 시를 쳤고 그다음에는 열한 시, 그다음에는 열두 시를 쳤다. 마침내 자정이 되자, 모두들 테라스로 나갔고, 왕은 왕실 폭죽 제조자를 부르러 보냈다.

"불꽃놀이를 시작하게 하라."

왕이 명령하자 왕실 폭죽 제조자는 허리 굽혀 절을 하고, 정원의 끝으로 걸어갔다. 그는 여섯 명의 시종을 데려갔고, 그들은 각자 긴 장대 끝에 매달린 횃불을 들고 있었다.

정말이지 웅장한 광경이 연출되었다.

핑! 핑! 캐서린 휠이 빙글빙글 돌면서 올라갔다. 빵! 빵! 로만 캔들이 터졌다. 그다음에는 여러 폭죽이 궁전 위에서 춤을 추었고, 벵골 폭죽은 모든 것을 진홍빛으로 물들였다. 풍선 폭죽은 "안녕"이라고 외치며 솟아오르면서 작은 파란색 불꽃들을 떨어뜨렸다. 탕!탕! 크래커 폭죽들이 응답하면서 즐거움을 만끽했다. 우월한 로켓 폭죽을 제외하면 모두 대성공이었다. 로켓 폭죽은 우느라 너무 젖어서 터질 수가 없었다. 로켓 폭죽 안에는 가장 좋은 폭약이 들어 있었지만, 폭약이 눈물로 젖어서 쓸모가 없었다. 그가 말할 때마다 콧방귀를 뀌던 친지들은, 근사한 금빛 불꽃들처럼 하늘로 솟아올랐다. 와아! 와아! 온 궁정이 환호했고, 왕자비는 즐거워서 웃음을 터뜨렸다.

"나를 성대한 행사에 쓰려고 아껴두는 걸 거야. 분명히 그런 의도가 있는 거라고."

로켓 폭죽이 말했다.

그는 어느 때보다도 거만한 표정을 지었다.

다음 날 일꾼들이 현장을 정리하러 왔다.

로켓 폭죽이 말했다.

"틀림없이 대표 사절일 거야. 위엄 있는 태도로 그들을 맞이해야겠다."

그래서 그는 고개를 꼿꼿이 세우고, 대단히 중요한 일에 대해 생각하기라도 하는 듯이 심각하게 인상을 쓰기 시작했다. 하지만 사람들은 그에게 전혀 신경 쓰지 않았고, 결국 그냥 가려고 했다. 그때 한 사람이 로켓 폭죽을 보았다.

"어라! 망가진 폭죽이네!"

그는 그렇게 말하면서 로켓 폭죽을 담장 너머 도랑에 던졌다. 로켓 폭죽은 공중을 휙 날아가면서 말했다.

"망가진 폭죽? 망가진 폭죽이라고? 말도 안 되는 소리! 그 사람은 근사한 폭죽이라고 말하려 했을 거야. '망가진'과 '근사한'은 발음이 아주 비슷하거든. 사실 똑같이 발음되는 때도 많지."

그는 진흙탕 속으로 떨어졌다.

로켓 폭죽이 말했다.

"여기는 편안하지는 않지만, 분명히 요즘 인기 있는 온천일 거야. 몸조리를 잘하라고 나를 여기까지 보낸 거지. 난 신경이 많이 쇠약해져서 휴식이 필요하니까."

그때 눈이 왕방울만 하고 얼룩덜룩한 초록색 옷을 입은 개구리가 그에게 헤엄쳐 왔다.

개구리가 말했다.

"새로 온 분이네! 그래, 사실 진흙탕만 한 게 없지요. 비 내리는 날씨와 도랑만 있으면 나는 행복하거든요. 형씨 생각에 오늘 오후에 비가 올 것 같아요? 나야 그러면 좋겠지만 하늘이 새파랗고 구름 한 점 없으니 말이죠. 안타까워 죽겠네!"

"에헴! 에헴!"

로켓 폭죽이 헛기침을 하기 시작했다.

개구리가 큰 소리로 말했다.

"듣기 좋은 목소리를 가진 양반이구만! 사실은 개골개골 소리랑 아주 비슷해요. 물론 개골개골 소리는 세상에서 가장 뛰어난 음악이지요. 오늘 저녁에 우리 합창단의 노래를 듣게 될 겁니다. 우린 농가 바로 옆에 있는 오리 연못에 앉아서, 달이 뜨자마자 합창을 시작해요. 모두들 우리 노래를 들으려고 깨어 있다는 사실이 얼마나 황홀한지 몰라요! 사실 바로 어제만 해도 농부의 아내가 어머니에게 말하는 소리를 들었어요. 우리 때문에 밤새 한숨도 못 잤다고 하더라고요. 자기 인기가 그 정도라는 것을 알면 비할 데 없이 흐뭇하지요."

"에헴! 에헴!"

로켓 폭죽이 화가 나서 기침을 해댔다.

그는 한 마디도 끼어들 수 없다는 사실에 말할 수 없이 비위가 상했다.

개구리가 말을 이었다.

"참 듣기 좋은 소리야. 형씨도 오리 연못에 오면 좋겠네요. 나는 딸내미들을 봐주러 가야 해요. 예쁜 딸이 여섯인데, 강꼬

치고기란 놈을 만날까 걱정스러워서요. 그놈은 세상 어디에도 없는 괴물인지라, 조금도 망설이지 않고 우리 애들을 먹어치울 거라고요. 자, 잘 있어요. 정말 즐거운 대화였어요.”

“대화 좋아하시네! 내내도록 자기 혼자 말해놓고선. 대화는 그런 게 아니라고요.”

개구리가 대답했다.

“누군가는 말을 들어줘야 되는데, 난 모든 말을 내가 하는 게 좋거든요. 그러면 시간도 절약되고 언쟁도 막아주니 꿩도 먹고 알도 먹는 거지요.”

“하지만 나는 언쟁을 좋아하는데!”

로켓 폭죽이 말했다.

개구리가 느긋하게 말했다.

“안타깝네요. 언쟁은 극도로 저속한 행위지요. 좋은 사회에서는 모두 똑같은 의견을 갖고 있으니까요. 다시 인사할게요, 잘 있어요. 저기 멀리 딸들이 보이네요.”

개구리는 헤엄쳐서 가버렸다.

로켓 폭죽이 말했다.

“당신은 지독히 짜증스럽고 본데없이 자란 작자야. 나처럼 내 이야기를 하고 싶은데 당신처럼 자기 이야기만 늘어놓는 작자들은 딱 질색이야. 그게 바로 이기심이지 뭐야. 그리고 이기심은 가장 진저리 나는 것이지. 동정심 많은 성품으로 유명한 나 같은 성격의 소유자에게는 특히 그렇다고. 사실 당신도 나를 보고 잘 배워야 될 거요. 이보다 더 좋은 귀감은 만나지 못할 테니까. 이제 당신에게 기회가 생겼으니 이 기회를 잘 이

용하는 편이 좋을 거요. 내가 금방 궁으로 돌아갈 테니까 말이지. 왕자와 왕자비가 내게 경의를 표하느라 어제 결혼식을 올렸소. 물론 당신이야 이런 일들에 대해 아는 바 없겠지. 당신은 촌뜨기니까!"

"개구리에게 말해봤자 소용없는데. 벌써 가버렸으니 무슨 소용이 있겠어."

잠자리가 말했다.

잠자리는 갈색 골풀 끝에 앉아 있었다.

로켓 폭죽이 대꾸했다.

"그거야 그 작자의 손해지 내 손해는 아니지. 단지 그가 집중하지 않는다는 이유로 그에게 말하는 것을 그만두진 않을 거야. 난 내가 말하는 소리를 듣는 게 좋거든. 그게 내 가장 큰 즐거움 중 하나지. 난 자주 혼자서 긴 대화를 하고, 가끔은 내가 어찌나 똑똑한지 내가 무슨 말을 하는지 한 마디도 이해 못 할 때가 있다니까."

"그러면 당신은 철학 강의를 해야겠네요."

잠자리가 말했다.

그는 예쁘장한 얇은 날개를 펴고 하늘로 날아올랐다.

로켓 폭죽이 말했다.

"여기 그대로 있지 않다니 저렇게 아둔할 수가 있을까! 내 장담하는데, 저 녀석은 정신 수양을 할 기회가 별로 없었을 거야. 하지만 난 상관없어. 언젠가는 세상이 나 같은 천재를 알아봐 줄 테니까."

그는 진흙탕 속으로 더 깊이 들어갔다.

시간이 좀 지나자, 커다란 흰 오리가 그에게 헤엄쳐서 왔다. 다리는 노랗고 발에는 물갈퀴가 있었다. 뒤뚱대는 걸음걸이 덕분에 미인으로 꼽히는 오리였다.

오리가 말했다.

"꽥, 꽥, 꽥. 당신은 정말 희한하게 생겼네요! 그런 모양으로 태어났는지, 아니면 사고가 나서 그렇게 됐는지 물어봐도 될까요?"

로켓 폭죽이 대답했다.

"당신이 늘 촌구석에만 살았다는 걸 알겠군요. 그게 아니라면 내가 누군지 알 테니까. 하지만 당신의 무지쯤이야 눈감아 줄게요. 다른 사람들이 나처럼 우월하기를 기대하는 것은 불공평할 테니까요. 내가 하늘로 솟아올라 황금색 소나기로 내려올 수 있다는 말을 들으면 틀림없이 당신은 깜짝 놀라겠죠."

오리가 대답했다.

"난 그걸 별로 크게 생각하지 않아요. 그게 누구에게든 무슨 쓸모가 있는지 알 수가 없으니까요. 소처럼 밭을 갈 수 있거나, 말처럼 수레를 끌 수 있다거나, 콜리 개처럼 양 떼를 돌볼 수 있다면 그게 대단한 거죠."

로켓 폭죽은 거만하기 짝이 없는 말투로 쏘아붙였다.

"이봐요, 당신이 하류층이라는 걸 알겠네요. 원래 나 같은 지위에 있으면 쓸모가 없어요. 우린 어떤 업적을 갖고 있고 그걸로 충분하고도 남음이 있죠. 나는 어떤 종류의 일거리에도 공감하지 않아요. 적어도 당신이 권하는 그런 부류의 일은 나와 상관없어요. 솔직히 예전부터 힘든 노동은 할 일이 없는 사람들의 피난처일 뿐이라는 게 내 의견이었죠."

"그래요, 그렇죠. 누구나 취향이 다르니까요. 아무튼 당신이 여기서 거주하면 좋겠네요."

오리가 말했다.

오리는 성품이 대단히 온화해서 누구와 입씨름해 본 적이 없었다.

로킷 폭죽이 대꾸했다.

"아니! 안 그럴 거예요. 난 방문객에 불과해요, 저명한 방문객일 뿐이라고요. 사실 이곳은 지루하네요. 여기는 사교계도 없고, 고독도 없어요. 솔직히 여기는 지독히 따분해요. 아마 난 궁전으로 돌아가게 될 거예요. 내가 세상을 놀라게 할 운명을 타고났다는 걸 아니까요."

오리가 대답했다.

"나도 전에 공인으로 살 생각을 한 적이 있었어요. 개혁할 것들이 워낙 많았지요. 사실 얼마 전 나는 회의를 진행했고, 우리는 마음에 들지 않는 모든 것을 규탄하는 결의안들을 통과시켰어요. 하지만 그런 결의안은 큰 효과가 없는 것 같더군요. 이제 나는 가정으로 돌아가서 가족을 돌보죠."

로킷 폭죽이 말했다.

"나는 공인으로 사는 게 어울려요. 내 친지들 모두, 가장 덜 떨어지는 폭죽까지도 마찬가지예요. 우리가 등장하면 엄청난 관심을 일으키죠. 나는 사실 등장해본 적은 없지만, 등장하게 되면 대단한 장관을 이루게 될 거예요. 가정을 갖게 된다는 것은 사람을 급격히 늙게 하고, 정신적으로 심오한 것들을 생각하지 못하게 만들죠."

오리가 말했다.

"네! 인생의 심오한 것들 …… 참 멋지죠! 이 말을 하고 보니 심한 허기가 느껴지네요."

오리는 물로 헤엄치면서 덧붙였다.

"꽥, 꽥, 꽥."

로켓 폭죽이 소리쳤다.

"돌아와요! 돌아오라고요! 당신에게 해줄 말이 아주 많아요."

하지만 오리는 그에게 관심을 쏟지 않았다.

폭죽이 혼잣말로 중얼댔다.

"오리가 가버려서 다행이야. 전형적인 중산층의 생각을 가졌더군."

그는 더 깊은 진흙탕 속으로 들어가서, 천재의 고독에 대해 생각하기 시작했다. 그때 갑자기 하얀 셔츠를 입은 소년 두 명이 주전자와 장작을 들고 물가로 달려오고 있었다.

"틀림없이 사절단일 거야."

로켓 폭죽이 말했다.

그는 대단히 위엄 있게 보이려고 애썼다.

두 명 중 한 아이가 말했다.

"와! 후진 막대기 좀 봐! 어떻게 여기까지 왔는지 궁금하네."

소년은 진흙탕에서 폭죽을 뽑아냈다.

로켓 폭죽이 중얼댔다.

"후진 막대기라니! 말도 안 되는 소리! 멋진 막대기라고 말했겠지. 멋진 막대기는 대단한 칭찬이지. 솔직히 아이는 나를 궁정의 고위 관리로 착각하는 거야.”

다른 소년이 말했다.

“이 막대기를 모닥불에 던지자. 주전자에 물 끓이는 데 도움이 될 거야.”

그래서 두 아이는 장작을 쌓고 맨 위에 로켓 폭죽을 올린 후 불을 붙였다.

로켓 폭죽이 소리쳤다.

“이거 굉장한걸. 나를 환한 대낮에 하늘로 쏘아 올려주는구나. 모두 나를 볼 수 있게 말이지.”

소년들이 말했다.

“이제 우린 한잠 자자. 다시 깨보면 주전자에 물이 다 끓었을 거야.”

두 아이는 풀밭에 누워서 눈을 감았다.

로켓 폭죽은 몸이 너무 젖어서 타는 데 오래 걸렸다. 하지만 마침내 몸에 불이 댕겨졌다.

“이제 나는 터질 거야!”

폭죽이 외치고 몸을 아주 뻣뻣하게 꼿꼿이 세웠다.

로켓 폭죽이 덧붙여 말했다.

“내가 별들보다 훨씬 더 높이, 달보다 훨씬 더 높이, 태양보다 훨씬 더 높이 올라가리란 걸 알아. 사실 내가 너무 높이 올라가서 ……”

피식! 피식! 피식! 폭죽은 공중으로 곧장 올라갔다.

로켓 폭죽이 소리쳤다.

"기분 좋다! 이렇게 영원히 날 거야. 난 정말 대성공이야!"

하지만 아무도 그를 보지 않았다.

로켓 폭죽이 외쳤다.

"이제 나는 터질 거야. 온 세상에 불을 붙이고, 어마어마한 소리를 낼 거야. 그러면 사람들이 일 년 내내 그 이야기만 하겠지."

그는 분명히 터졌다. 땅! 땅! 땅! 탄약이 터졌다. 그것은 의심의 여지가 없었다.

하지만 아무도 그 소리를 듣지 않았다. 심지어 어린 두 소년도 곤히 자느라 그 소리를 못 들었다.

로켓 폭죽의 남은 부분은 막대기뿐이었고, 막대기는 도랑가에서 걷고 있던 거위의 등에 떨어졌다.

"아이쿠! 비를 부르는 피리구나!*"

"내 엄청난 바람을 일으킬 줄 알았지."

로켓 폭죽은 숨을 몰아쉬었고 불이 꺼졌다. 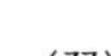

〈끝〉

---

* 중남미에는 가뭄에 선인장 나무로 만든 피리를 불면 비가 온다는 속설이 있음 – 옮긴이

The Happy Prince and Other Tales

To
Carlos Blacker

The Happy Prince

*

High above the city, on a tall column, stood the statue of the Happy Prince.

He was gilded all over with thin leaves of fine gold, for eyes he had two bright sapphires, and a large red ruby glowed on his sword-hilt.

He was very much admired indeed.

"He is as beautiful as a weathercock," remarked one of the Town Councillors who wished to gain a reputation for having artistic tastes; "only not quite so useful," he added, fearing lest people should think him unpractical, which he really was not.

"Why can't you be like the Happy Prince?" asked a sensible mother of her little boy who was crying for the moon.

"The Happy Prince never dreams of crying for anything."

"I am glad there is some one in the world who is quite happy," muttered a disappointed man as he gazed at the wonderful statue.

"He looks just like an angel," said the Charity Children as they came out of the cathedral in their bright scarlet cloaks and their clean white pinafores.

"How do you know?" said the Mathematical Master, "you have never seen one."

"Ah! but we have, in our dreams," answered the children; and the Mathematical Master frowned and looked very severe, for he did not approve of children dreaming.

One night there flew over the city a little Swallow.

His friends had gone away to Egypt six weeks before, but he had stayed behind, for he was in love with the most beautiful Reed. He had met her early in the spring as he was flying down the river after a big yellow moth, and had been so attracted by her slender waist that he had stopped to talk to her.

"Shall I love you?" said the Swallow, who liked to come to the point at once, and the Reed made him a low bow. So he flew round and round her, touching the water with his wings, and making silver ripples. This was his courtship, and it lasted all through the summer.

"It is a ridiculous attachment," twittered the other Swallows;

"she has no money, and far too many relations;" and indeed the river was quite full of Reeds. Then, when the autumn came they all flew away.

After they had gone he felt lonely, and began to tire of his lady-love.

"She has no conversation," he said, "and 1 am afraid that she is a coquette, for she is always flirting with the wind." And certainly, whenever the wind blew, the Reed made the most graceful curtseys. "I admit that she is domestic," he continued, "but I love travelling, and my wife, consequently, should love travelling also."

"Will you come away with me?" he said finally to her, but the Reed shook her head, she was so attached to her home.

"You have been trifling with me," he cried. "I am off to the Pyramids. Good-bye!" and he flew away.

All day long he flew, and at night-time he arrived at the city. "Where shall I put up?" he said; "I hope the town has made preparations."

Then he saw the statue on the tall column.

"I will put up there," he cried; "it is a fine position, with plenty of fresh air." So he alighted just between the feet of the Happy Prince.

"I have a golden bedroom," he said softly to himself as he looked round, and he prepared to go to sleep; but just as he was putting his head under his wing a large drop of water fell on him. "What a curious thing!" he cried; "there is not a single cloud in the sky, the stars are quite clear and bright, and yet it is raining. The climate in the north of Europe is really dreadful. The Reed used to like the rain, but that was merely her selfishness."

Then another drop fell.

"What is the use of a statue if it cannot keep the rain off?" he said; "I must look for a good chimney-pot," and he determined to fly away.

But before he had opened his wings, a third drop fell, and he looked up, and saw — Ah! what did he see?

The eyes of the Happy Prince were filled with tears, and tears were running down his golden cheeks. His face was so beautiful in the moonlight that the little Swallow was filled with pity.

"Who are you?" he said.

"I am the Happy Prince."

"Why are you weeping then?" asked the Swallow; "you have quite drenched me."

"When I was alive and had a human heart," answered the statue, "I did not know what tears were, for I lived in the Palace of Sans-Souci, where sorrow is not allowed to enter. In the daytime I played with my companions in the garden, and in the evening I led the dance in the Great Hall. Round the garden ran a very lofty wall, but I never cared to ask what lay beyond it, everything about me was so beautiful. My courtiers called me the Happy Prince, and happy indeed I was, if pleasure be happiness. So I lived, and so I died. And now that I am dead they have set me up here so high that I can see all the ugliness and all the misery of my city, and though my heart is made of lead yet I cannot choose but weep."

"What! is he not solid gold?" said the Swallow to himself. He was too polite to make any personal remarks out loud.

"Far away," continued the statue in a low musical voice, "far away in a little street there is a poor house. One of the windows is open, and through it I can see a woman seated at a table. Her face is thin and worn, and she has coarse, red hands, all pricked by the needle, for she is a seamstress. She is embroidering passion-flowers on a satin gown for the loveliest of the Queen's maids-of-honour to wear at the next Court-ball. In a bed in the corner of the room her little boy is lying ill. He has a fever, and is asking for oranges. His mother has nothing to give him but river water, so he is crying. Swallow, Swallow, little Swallow, will you not bring her the ruby out of my sword-hilt? My feet are fastened to this pedestal and I cannot move."

"I am waited for in Egypt," said the Swallow.

"My friends are flying up and down the Nile, and talking to

the large lotus-flowers. Soon they will go to sleep in the tomb of the great King. The King is there himself in his painted coffin. He is wrapped in yellow linen, and embalmed with spices. Round his neck is a chain of pale green jade, and his hands are like withered leaves."

"Swallow, Swallow, little Swallow," said the Prince, "will you not stay with me for one night, and be my messenger? The boy is so thirsty, and the mother so sad."

"I don't think I like boys," answered the Swallow.

"Last summer, when I was staying on the river, there were two rude boys, the miller's sons, who were always throwing stones at me. They never hit me, of course; we swallows fly far too well for that, and besides I come of a family famous for its agility; but still, it was a mark of disrespect."

But the Happy Prince looked so sad that the little Swallow was sorry.

"It is very cold here," he said; "but I will stay with you for one night, and be your messenger."

"Thank you, little Swallow," said the Prince.

So the Swallow picked out the great ruby from the Prince's sword, and flew away with it in his beak over the roofs of the town.

He passed by the cathedral tower, where the white marble angels were sculptured. He passed by the palace and heard the sound of dancing. A beautiful girl came out on the balcony with her lover.

"How wonderful the stars are," he said to her, "and how wonderful is the power of love!"

"I hope my dress will be ready in time for the State-ball," she answered; "I have ordered passion-flowers to be embroidered on it; but the seamstresses are so lazy."

He passed over the river, and saw the lanterns hanging to the masts of the ships. He passed over the Ghetto, and saw the old Jews bargaining with each other, and weighing out money in copper scales.

At last he came to the poor house and looked in. The boy was tossing feverishly on his bed, and the mother had fallen asleep, she was so tired. In he hopped, and laid the great ruby on the table beside the woman's thimble. Then he flew gently round the bed, fanning the boy's forehead with his wings.

"How cool I feel!" said the boy, "I must be getting better;" and he sank into a delicious slumber.

Then the Swallow flew back to the Happy Prince, and told him what he had done.

"It is curious," he remarked, "but I feel quite warm now, although it is so cold."

"That is because you have done a good action," said the Prince.

And the little Swallow began to think, and then he fell asleep. Thinking always made him sleepy.

When day broke he flew down to the river and had a bath. "What a remarkable phenomenon!" said the Professor of Ornithology as he was passing over the bridge. "A swallow in winter!"

And he wrote a long letter about it to the local newspaper. Every one quoted it, it was full of so many words that they could not understand.

"To-night I go to Egypt," said the Swallow, and he was in high spirits at the prospect. He visited all the public monuments, and sat a long time on top of the church steeple. Wherever he went the Sparrows chirruped, and said to each other, "What a distinguished stranger!" so he enjoyed himself very much.

When the moon rose he flew back to the Happy Prince. "Have you any commissions for Egypt?" he cried; "I am just starting."

"Swallow, Swallow, little Swallow," said the Prince, "will you not stay with me one night longer?"

"I am waited for in Egypt," answered the Swallow. "Tomorrow my friends will fly up to the Second Cataract. The river-horse couches there among the bulrushes, and on a great granite throne sits the God Memnon. All night long he watches the stars, and when the morning star shines he utters one cry of joy, and then he is silent. At noon the yellow lions come down to the water's edge to drink. They have eyes like green beryls, and their roar is louder than the roar of the cataract."

"Swallow, Swallow, little Swallow," said the Prince, "far away across the city I see a young man in a garret. He is leaning over a desk covered with papers, and in a tumbler by his side there is a bunch of withered violets. His hair is brown and crisp, and his lips are red as a pomegranate, and he has large and dreamy eyes. He is trying to finish a play for the Director of the Theatre, but he is too cold to write any more. There is no fire in the grate, and hunger has made him faint."

"I will wait with you one night longer," said the Swallow, who really had a good heart.

"Shall I take him another ruby?"

"Alas! I have no ruby now," said. the Prince: "my eyes are all that I have left. They are made of rare sapphires, which were brought out of India a thousand years ago. Pluck out one of them and take it to him. He will sell it to the jeweller, and buy firewood, and finish his play."

"Dear Prince," said the Swallow, "I cannot do that;" and he began to weep.

"Swallow, Swallow, little Swallow," said the Prince, "do as I command you."

So the Swallow plucked out the Prince's eye, and flew away to the student's garret. It was easy enough to get in, as there was a hole in the roof. Through this he darted, and came into the room.

The young man had his head buried in his hands, so he did not hear the flutter of the bird's wings, and when he looked up he found the beautiful sapphire lying on the withered violets.

"I am beginning to be appreciated," he cried; "this is from some great admirer. Now I can finish my play," and he looked quite happy.

The next day the Swallow flew down to the harbour. He sat on the mast of a large vessel and watched the sailors hauling big chests out of the hold with ropes.

"Heave ahoy!" they shouted as each chest came up. "I am going to Egypt!" cried the Swallow, but nobody minded, and when the moon rose he flew back to the Happy Prince.

"I am come to bid you good-bye," he cried.

"Swallow, Swallow, little Swallow," said the Prince, "will you not stay with me one night longer?"

"It is winter," answered the Swallow, "and the chill snow will soon be here. In Egypt the sun is warm on the green palm-trees, and the crocodiles lie in the mud and look lazily about them. My companions are building a nest in the Temple of Baalbec, and the pink and white doves are watching them, and cooing to each other. Dear Prince, I must leave you, but I will never forget you, and next spring I will bring you back two beautiful jewels in place of those you have given away. The ruby shall be redder than a red rose, and the sapphire shall be as blue as the great sea."

"In the square below," said the Happy Prince, "there stands a little match-girl. She has let her matches fall in the gutter, and they are all spoiled. Her father will beat her if she does not bring home some money, and she is crying. She has no shoes or stockings, and her little head is bare. Pluck out my other eye, and give it to her, and her father will not beat her."

"I will stay with you one night longer," said the Swallow, "but I cannot pluck out your eye. You would be quite blind then."

"Swallow, Swallow, little Swallow," said the Prince, "do as I command you."

So he plucked out the Prince's other eye, and darted down with it. He swooped past the match-girl, and slipped the jewel into the palm of her hand.

"What a lovely bit of glass!" cried the little girl; and she ran home, laughing.

Then the Swallow came back to the Prince, "You are blind now," he said, "so I will stay with you always."

"No, little Swallow," said the poor Prince, "you must go away to Egypt."

"I will stay with you always," said the Swallow, and he slept at the Prince's feet.

All the next day he sat on the Prince's shoulder, and told him stories of what he had seen in strange lands.

He told him of the red ibises, who stand in long rows on the banks of the Nile, and catch goldfish in their beaks; of the Sphinx, who is as old as the world itself, and lives in the desert, and knows everything; of the merchants, who walk slowly by the side of their camels and carry amber beads in their hands; of the King of the Mountains of the Moon, who is as black as ebony, and worships a large crystal; of the great green snake that sleeps in a palm-tree, and has twenty priests to feed it with honey-cakes; and of the pygmies who sail over a big lake on large flat leaves, and are always at war with the butterflies.

"Dear little Swallow," said the Prince, "you tell me of marvellous things, but more marvellous than anything is the suffering of men and of women. There is no Mystery so great as Misery. Fly over my city, little Swallow, and tell me what you see there."

So the Swallow flew over the great city, and saw the rich making merry in their beautiful houses, while the beggars were sitting at the gates.

He flew into dark lanes, and saw the white faces of starving children looking out listlessly at the black streets. Under the archway of a bridge two little boys were lying in one another's arms to try and keep themselves warm.

"How hungry we are!" they said.

"You must not lie here," shouted the watchman, and they wandered out into the rain.

Then he flew back and told the Prince what he had seen.

"I am covered with fine gold," said the Prince, "you must take it off, leaf by leaf, and give it to my poor; the living always think that gold can make them happy."

Leaf after leaf of the fine gold the Swallow picked off, till the Happy Prince looked quite dull and grey.

Leaf after leaf of the fine gold he brought to the poor, and the children's faces grew rosier, and they laughed and played games in the street.

"We have bread now!" they cried.

Then the snow came, and after the snow came the frost. The streets looked as if they were made of silver, they were so bright and glistening; long icicles like crystal daggers hung down from the eaves of the houses, everybody went about in furs, and the little boys wore scarlet caps and skated on the ice.

The poor little Swallow grew colder and colder, but he would not leave the Prince, he loved him too well.

He picked up crumbs outside the baker's door when the baker was not looking, and tried to keep himself warm by flapping his wings.

But at last he knew that he was going to die.

He had just enough strength to fly up to the Prince's shoulder once more. "Good-bye, dear Prince!" he murmured, "will you let me kiss your hand?"

"I am glad that you are going to Egypt at last, little Swallow," said the Prince, "you have stayed too long here; but you must kiss me on the lips, for I love you."

"It is not to Egypt that I am going," said the Swallow.

"I am going to the House of Death. Death is the brother of Sleep, is he not?"

And he kissed the Happy Prince on the lips, and fell down dead at his feet.

At that moment a curious crack sounded inside the statue, as if something had broken.

The fact is that the leaden heart had snapped right in two. It certainly was a dreadfully hard frost.

Early the next morning the Mayor was walking in the square below in company with the Town Councillors. As they passed the column he looked up at the statue: "Dear me! how shabby the Happy Prince looks!" he said.

"How shabby, indeed!" cried the Town Councillors, who always agreed with the Mayor: and. they went up to look at it.

"The ruby has fallen out of his sword, his eyes are gone, and he is golden no longer," said the Mayor; "in fact, he is little better than a beggar!"

"Little better than a beggar," said the Town Councillors.

"And here is actually a dead bird at his feet!" continued the Mayor.

"We must really issue a proclamation that birds are not to be allowed to die here." And the Town Clerk made a note of the suggestion.

So they pulled down the statue of the Happy Prince.

"As he is no longer beautiful he is no longer useful," said the Art Professor at the University.

Then they melted the statue in a furnace, and the Mayor held a meeting of the Corporation to decide what was to done with the metal.

"We must have another statue, of course," he said, "and it shall be a statue of myself."

"Of myself," said each of the Town Councillors, and they quarrelled. When I last heard of them they were quarrelling still.

"What a strange thing!" said the overseer of the workmen at the foundry.

"This broken lead heart will not melt in the furnace. We must throw it away."

So they threw it on a dust-heap where the dead Swallow was

also lying.

"Bring me the two most precious things in the city," said God to one of His Angels; and the Angel brought Him the leaden heart and the dead bird.

"You have rightly chosen," said God, "for in my garden of Paradise this little bird shall sing for evermore, and in my city of gold the Happy Prince shall praise me."

Then the Swallow flew back to the Happy Prince,
and told him what he had done.
"It is curious," he remarked,
"but I feel quite warm now, although it is so cold."
"That is because you have done a good action,"
said the Prince.

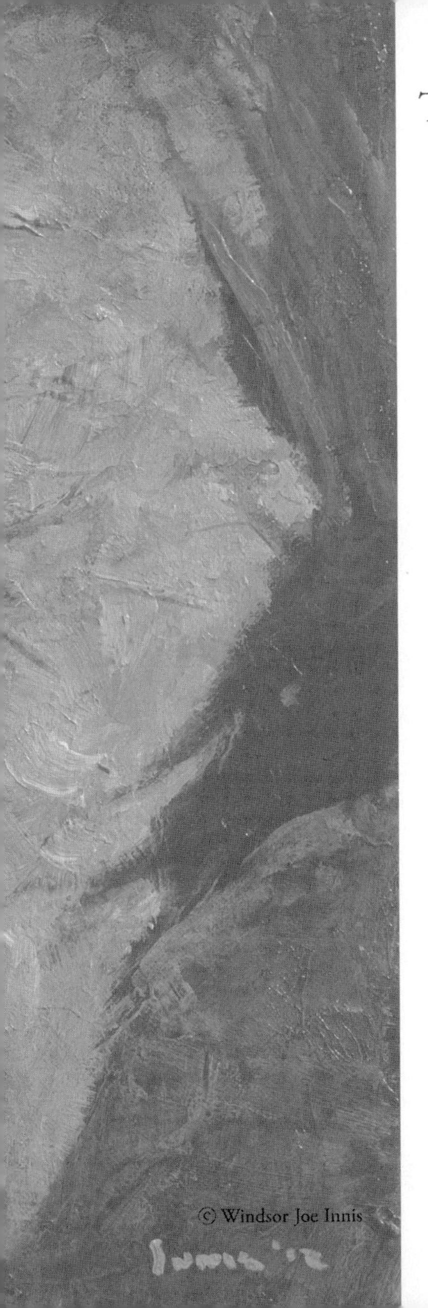

The Nightingale
and the Rose

*

"She said that she would dance with me if I brought her red roses," cried the young Student, "but in all my garden there is no red rose."

From her nest in the holm-oak tree the Nightingale heard him and she looked out through the leaves and wondered.

"No red rose in all my garden!" he cried, and his beautiful eyes filled with tears.

"Ah, on what little things does happiness depend! I have read all that the wise men have written, and all the secrets of philosophy are mine, yet for want of a red rose is my life made wretched."

"Here at last is a true lover," said the Nightingale.

"Night after night have I sung of him though I knew him not: night after night have I told his story to the stars and now I see him. His hair is dark as the hyacinth-blossom, and his lips are red as the rose of his desire, but passion has made his face like pale ivory and sorrow has set her seal upon his brow."

"The Prince gives a ball to-morrow night," murmured the young Student, "and my love will be of the company. If I bring her a red rose she will dance with me till dawn. If I bring her a red rose, I shall hold her in my arms, and she will lean her head upon my shoulder and her hand will be clasped in mine. But there is no red rose in my garden, so I shall sit lonely and she will pass me by. She will have no heed of me, and my heart will break."

"Here, indeed, is the true lover," said the Nightingale.

"What I sing of, he suffers: what is joy to me, to him is pain. Surely love is a wonderful thing. It is more precious than emeralds and dearer than fine opals. Pearls and pomegranates cannot buy it, nor is it set forth in the marketplace. It may not be purchased of the merchants, nor can it be weighed out in the balance for gold."

"The musicians will sit in their gallery," said the young Student, "and play upon their stringed instruments, and my love will dance to the sound of the harp and the violin. She will dance so lightly that her feet will not touch the floor, and the courtiers in their gay dresses will throng round her. But with me she will not dance, for I have no red rose to give her;" and he flung himself down on the grass, and buried his face in his hands, and wept.

"Why is he weeping?" asked a little Green Lizard, as he ran past him with his tail in the air.

"Why, indeed?" said a Butterfly, who was fluttering about after a sunbeam.

"Why, indeed?" whispered a Daisy to his neighbour, in a soft, low voice.

"He is weeping for a red rose," said the Nightingale.

"For a red rose?" they cried; "how very ridiculous!" and the little Lizard, who was something of a cynic, laughed outright.

But the Nightingale understood the secret of the Student's sorrow, and she sat silent in the oak-tree, and thought about the mystery of Love.

Suddenly she spread her brown wings for flight, and soared into the air.

She passed through the grove like a shadow and like a shadow she sailed across the garden.

In the centre of the grass-plot was standing a beautiful rose-tree, and when she saw it she flew over to it, and lit upon a spray.

"Give me a red rose," she cried, "and I will sing you my

sweetest song."

But the Tree shook its head.

"My roses are white," it answered; "as white as the foam of the sea, and whiter than the snow on the mountain. But go to my brother who grows round the old sun-dial, and perhaps he will give you what you want."

So the Nightingale flew over to the Rose-tree that was growing round the old sun-dial.

"Give me a red rose," she cried, "and I will sing you my sweetest song."

But the Tree shook its head.

"My roses are yellow," it answered; "as yellow as the hair of the mermaiden who sits upon an amber throne, and yellower than the daffodil that blooms in the meadow before the mower comes with his scythe. But go to my brother who grows beneath the Student's window, and perhaps he will give you what you want."

So the Nightingale flew over to the Rose-tree that was growing beneath the Student's window.

"Give me a red rose," she cried, "and I will sing you my sweetest song."

But the Tree shook its head.

"My roses are red," it answered; "as red as the feet of the dove, and redder than the great fans of coral that wave and wave in the ocean-cavern. But the winter has chilled my veins, and the frost has nipped my buds, and the storm has broken my branches, and I shall have no roses at all this year."

"One red rose is all I want," cried the Nightingale, "only one red rose! Is there no way by which I can get it?"

"There is a way," answered the Tree; "but it is so terrible that I dare not tell it to you."

"Tell it to me," said the Nightingale, "I am not afraid."

"If you want a red rose," said the Tree,

"you must build it out of music by moonlight, and stain it with your own heart's-blood. You must sing to me with your breast against a thorn. All night long you must sing to me, and the thorn must pierce your heart, and your life-blood must flow into my veins, and become mine."

"Death is a great price to pay for a red rose," cried the Nightingale, "and Life is very dear to all. It is pleasant to sit in the green wood, and to watch the Sun in his chariot of gold, and the Moon in her chariot of pearl. Sweet is the scent of the hawthorn, and sweet are the bluebells that hide in the valley, and the heather that blows on the hill. Yet Love is better than Life, and what is the heart of a bird compared to the heart of a man?"

So she spread her brown wings for flight, and soared into the air. She swept over the garden like a shadow, and like a shadow she sailed through the grove.

The young Student was still lying on the grass, where she had left him, and the tears were not yet dry in his beautiful eyes.

"Be happy," cried the Nightingale, "be happy; you shall have your red rose. I will build it out of music by moonlight, and stain it with my own heart's-blood. All that I ask of you in return is that you will be a true lover, for Love is wiser than Philosophy, though he is wise, and mightier than Power, though he is mighty. Flame-coloured are his wings, and coloured like flame is his body. His lips are sweet as honey, and his breath is like frankincense."

The Student looked up from the grass, and listened, but he could not understand what the Nightingale was saying to him, for he only knew the things that are written down in books.

But the Oak-tree understood, and felt sad, for he was very fond of the little Nightingale who had built her nest in his branches.

"Sing me one last song," he whispered; "I shall feel lonely when you are gone."

So the Nightingale sang to the Oak-tree, and her voice was like water bubbling from a silver jar.

When she had finished her song, the Student got up, and pulled a note-book and a lead-pencil out of his pocket.

"She has form," he said to himself, as he walked away

through the grove — "that cannot be denied to her; but has she got feeling? I am afraid not. In fact, she is like most artists; she is all style without any sincerity. She would not sacrifice herself for others. She thinks merely of music, and everybody knows that the arts are selfish. Still, it must be admitted that she has some beautiful notes in her voice. What a pity it is that they do not mean anything, or do any practical good!"

And he went into his room, and lay down on his little pallet-bed, and began to think of his love; and, after a time, he fell asleep.

And when the moon shone in the heavens the Nightingale flew to the Rose-tree, and set her breast against the thorn. All night long she sang, with her breast against the thorn, and the cold crystal Moon leaned down and listened. All night long she sang, and the thorn went deeper and deeper into her breast, and her life-blood ebbed away from her.

She sang first of the birth of love in the heart of a boy and a girl.

And on the topmost spray of the Rose-tree there blossomed a marvellous rose, petal following petal, as song followed song. Pale was it, at first, as the mist that hangs over the river — pale as the feet of the morning, and silver as the wings of the dawn. As the shadow of a rose in a mirror of silver, as the shadow of a rose in a water-pool, so was the rose that blossomed on the topmost spray of the Tree.

But the Tree cried to the Nightingale to press closer against the thorn.

"Press closer, little Nightingale," cried the Tree, "or the Day will come before the rose is finished."

So the Nightingale pressed closer against the thorn, and louder and louder grew her song, for she sang of the birth of passion in the soul of a man and a maid.

And a delicate flush of pink came into the leaves of the rose, like the flush in the face of the bridegroom when he kisses the lips of the bride. But the thorn had not yet reached her heart, so the rose's heart remained white, for only a Nightingale's heart's-blood can crimson the heart of a rose.

And the Tree cried to the Nightingale to press closer against the thorn.

"Press closer, little Nightingale," cried the Tree, "or the Day will come before the rose is finished."

So the Nightingale pressed closer against the thorn, and the thorn touched her heart, and a fierce pang of pain shot through her. Bitter, bitter was the pain, and wilder and wilder grew her song, for she sang of the Love that is perfected by Death, of the Love that dies not in the tomb.

And the marvellous rose became crimson, like the rose of the eastern sky. Crimson was the girdle of petals, and crimson as a ruby was the heart.

But the Nightingale's voice grew fainter, and her little wings began to beat, and a film came over her eyes. Fainter and fainter grew her song, and she felt something choking in her throat.

Then she gave one last burst of music.

The white Moon heard it, and she forgot the dawn, and lingered on in the sky. The red rose heard it, and it trembled all over with ecstasy, and opened its petals to the cold morning air. Echo bore it to her purple cavern in the hills, and woke the sleeping shepherds from their dreams. It floated through the reeds of the river, and they carried its message to the sea.

"Look, look!" cried the Tree, "the rose is finished now;" but the Nightingale made no answer, for she was lying dead in the long grass, with the thorn in her heart.

And at noon the Student opened his window and looked out.

"Why, what a wonderful piece of luck!" he cried; "here is a red rose! I have never see any rose like it in all my life. It is so beautiful that I am sure it has a long Latin name;" and he leaned down and plucked it.

Then he put on his hat, and ran up to the Professor's house with the rose in his hand.

The daughter of the Professor was sitting in the doorway

winding blue silk on a reel, and her little dog was lying at her feet.

"You said that you would dance with me if I brought you a red rose," cried the Student.

"Here is the reddest rose in all the world. You will wear it to-night next your heart, and as we dance together it will tell you how I love you."

But the girl frowned.

"I am afraid it will not go with my dress," she answered; "and, besides, the Chamberlain's nephew has sent me some real jewels, and everybody knows that jewels cost far more than flowers."

"Well upon my word, you are very ungrateful," said the Student angrily; and he threw the rose into the street, where it fell into the gutter, and a cart-wheel went over it.

"Ungrateful!" said the girl.

"I tell you what, you are very rude; and, after all, who are you? Only a Student. Why, I don't believe you have even got silver buckles to your shoes as the Chamberlain's nephew has;" and she got up from her chair and went into the house.

"What a silly thing Love is!" said the Student as he walked away.

"It is not half as useful as Logic, for it does not prove anything, and it is always telling one of things that are not going to happen, and making one believe things that are not true. In fact, it is quite unpractical, and, as in this age to be practical is everything, I shall go back to Philosophy and study Metaphysics."

So he returned to his room and pulled out a great dusty book, and began to read.

The Selfish Giant

*

Every afternoon, as they were coming from school, the children used to go and play in the Giant's garden.

It was a large lovely garden, with soft green grass. Here and there over the grass stood beautiful flowers like stars, and there were twelve peach-trees that in the spring-time broke out into delicate blossoms of pink and pearl, and in the autumn bore rich fruit. The birds sat on the trees and sang so sweetly that the children used to stop their games in order to listen to them. "How happy we are here!" they cried to each other.

One day the Giant came back.

He had been to visit his friend the Cornish ogre, and had

stayed with him for seven years. After the seven years were over he had said all that he had to say, for his conversation was limited, and he determined to return to his own castle.

When he arrived he saw the children playing in the garden.

"What are you doing here?" he cried in a very gruff voice, and the children ran away.

"My own garden is my own garden," said the Giant; "any one can understand that, and I will allow nobody to play in it but myself."

So he built a high wall all round it, and put up a notice-board.

TRESPASSERS

WILL BE

PROSECUTED

He was a very Selfish Giant.

The poor children had now nowhere to play. They tried to play on the road, but the road was very dusty and full of hard stones, and they did not like it. They used to wander round the high walls when their lessons were over, and talk about the beautiful garden inside.

"How happy we were there!" they said to each other.

Then the Spring came, and all over the country there were little blossoms and little birds. Only in the garden of the Selfish Giant it was still winter.

The birds did not care to sing in it as there were no children, and the trees forgot to blossom. Once a beautiful flower put its head out from the grass, but when it saw the notice-board it was so sorry for the children that it slipped back into the ground again, and went off to sleep.

The only people who were pleased were the Snow and the Frost.

"Spring has forgotten this garden," they cried, "so we will live here all the year round." The Snow covered up the grass with her great white cloak, and the Frost painted all the trees silver.

Then they invited the North Wind to stay with them, and he came. He was wrapped in furs, and he roared all day about the garden, and blew the chimney-pots down.

"This is a delightful spot," he said, "we must ask the Hail on a visit."

So the Hail came. Every day for three hours he rattled on the roof of the castle till he broke most of the slates, and then he ran round and round the garden as fast as he could go.

He was dressed in grey, and his breath was like ice.

"I cannot understand why the Spring is so late in coming,"

said the Selfish Giant, as he sat at the window and looked out at his cold, white garden; "I hope there will be a change in the weather."

But the Spring never came, nor the Summer. The Autumn gave golden fruit to every garden, but to the Giant's garden she gave none.

"He is too selfish," she said. So it was always Winter there, and the North Wind and the Hail, and the Frost, and the Snow danced about through the trees.

One morning the Giant was lying awake in bed when he heard some lovely music. It sounded so sweet to his ears that he thought it must be the King's musicians passing by.

It was really only a little linnet singing outside his window, but it was so long since he had heard a bird sing in his garden that it seemed to him to be the most beautiful music in the world.

Then the Hail stopped dancing over his head, and the North Wind ceased roaring, and a delicious perfume came to him through the open casement.

"I believe the Spring has come at last," said the Giant; and he jumped out of bed and looked out.

What did he see?

He saw a most wonderful sight. Through a little hole in the

wall the children had crept in, and they were sitting in the branches of the trees.

In every tree that he could see there was a little child. And the trees were so glad to have the children back again that they had covered themselves with blossoms, and were waving their arms gently above the children's heads. The birds were flying about and twittering with delight, and the flowers were looking up through the green grass and laughing. It was a lovely scene, only in one corner it was still winter.

It was the farthest corner of the garden, and in it was standing a little boy. He was so small that he could not reach up to the branches of the tree, and he was wandering all round it, crying bitterly. The poor tree was still covered with frost and snow, and the North Wind was blowing and roaring above it.

"Climb up! little boy," said the Tree, and it bent its branches down as low at it could; but the boy was too tiny.

And the Giant's heart melted as he looked out.

"How selfish I have been!" he said: "now I know why the Spring would not come here. I will put that poor little boy on the top of the tree, and then I will knock down the wall, and my garden shall be the children's playground for ever and ever."

He was really very sorry for what he had done.

So he crept downstairs and opened the front door quite softly, and went out into the garden. But when the children saw him they were so frightened that they all ran away, and the garden became winter again. Only the little boy did not run for his eyes were so full of tears that he did not see the Giant coming.

And the Giant stole up behind him and took him gently in his hand, and put him up into the tree. And the tree broke at once into blossom, and the birds came and sang on it, and the little boy stretched out his two arms and flung them round the Giant's neck, and kissed him.

And the other children when they saw that the Giant was not wicked any longer, came running back, and with them came the Spring.

"It is your garden now, little children," said the Giant, and he took a great axe and knocked down the wall.

And when the people were going to market at twelve o'clock they found the Giant playing with the children in the most beautiful garden they had ever seen.

All day long they played, and in the evening they came to the Giant to bid him good-bye.

"But where is your little companion?" he said: "the boy I put into the tree."

The Giant loved him the best because he had kissed him.

"We don't know," answered the children: "he has gone away."

"You must tell him to be sure and come to-morrow," said the

Giant.

But the children said that they did not know where he lived and had never seen him before; and the Giant felt very sad.

Every afternoon, when school was over, the children came and played with the Giant. But the little boy whom the Giant loved was never seen again. The Giant was very kind to all the children, yet he longed for his first little friend, and often spoke of him.

"How I would like to see him!" he used to say.

Years went over, and the Giant grew very old and feeble.

He could not play about any more, so he sat in a huge armchair, and watched the children at their games, and admired his garden.

"I have many beautiful flowers," he said; "but the children are the most beautiful flowers of all."

One winter morning he looked out of his window as he was dressing. He did not hate the Winter now, for he knew that it was merely the Spring asleep, and that the flowers were resting.

Suddenly he rubbed his eyes in wonder and looked and looked.

It certainly was a marvellous sight. In the farthest corner of the garden was a tree quite covered with lovely white blossoms.

Its branches were golden, and silver fruit hung down from

them, and underneath it stood the little boy he had loved.

Downstairs ran the Giant in great joy, and out into the garden. He hastened across the grass, and came near to the child.

And when he cane quite close his face grew red with anger, and he said, "Who hath dared to wound thee?"

For on the palms of the child's hands were the prints of two nails, and the prints. of two nails were on the little feet.

"Who hath dared to wound thee?" cried the Giant, "tell me, that I may take my big sword and slay him."

"Nay," answered the child: "but these are the wounds of Love."

"Who art thou?" said the Giant, and a strange awe fell on him, and he knelt before the little child.

And the child smiled on the Giant, and said to him, "You let me play once in your garden, to-day you shall come with me to my garden, which is Paradise."

And when the children ran in that afternoon, they found the Giant lying dead under the tree, all covered with white blossoms.

"I have many beautiful flowers,"

he said;

"but the children are the most beautiful flowers of all."

The Devoted Friend

*

One morning the old Water-rat put his head out of his hole. He had bright beady eyes and stiff grey whiskers, and his tail was like a long bit of black indiarubber. The little ducks were swimming about in the pond, looking just like a lot of yellow canaries, and their mother, who was pure white with real red legs, was trying to teach them how to stand on their heads in the water.

"You will never be in the best society unless you can stand on your heads," she kept saying to them; and every now and then she showed them how it was done.

But the little ducks paid no attention to her. They were so young that they did not know what an advantage it is to be in society at all.

"What disobedient children!" cried the old Water-rat; "they really deserve to be drowned."

"Nothing of the kind," answered the Duck; "every one must make a beginning, and parents cannot be too patient."

"Ah! I know nothing about the feelings of parents," said the Water-rat: "I am not a family man. In fact, I have never been married, and I never intend to be. Love is all very well in its way, but friendship is much higher. Indeed, I know of nothing in the world that is either nobler or rarer than a devoted friendship."

"And what, pray, is your idea of the duties of a devoted friend?" asked a green Linnet, who was sitting on a willowtree hard by, and had overheard the conversation.

"Yes, that is just what I want to know," said the Duck; and she swam away to the end of the pond, and stood upon her head, in order to give her children a good example.

"What a silly question!" cried the Water-rat.

"I should expect my devoted friend to be devoted to me, of course."

"And what would you do in return?" said the little bird, swinging upon a silver spray, and flapping his tiny wings.

"I don't understand you," answered the Water-rat.

"Let me tell you a story on the subject," said the Linnet.

"Is the story about me?" asked the Water-rat.

"If so, I will listen to it, for I am extremely fond of fiction."

"It is applicable to you," answered the Linnet; and he flew down, and alighting upon the bank, he told the story of The Devoted Friend.

"Once upon a time," said the Linnet, "there was an honest little fellow named Hans."

"Was he very distinguished?" asked the Water-rat.

"No," answered the Linnet, "I don't think he was distinguished at all, except for his kind heart, and his funny, round, good-humoured face. He lived in a tiny cottage all by himself, and every day he worked in his garden. In all the country-side there was no garden so lovely as his. Sweet-Williams grew there, and Gilly-flowers, and Shepherds'-purses, and Fair-maids of France. There were damask Roses, and yellow Roses, lilac Crocuses and gold, purple Violets and white. Columbine and Ladysmock, Marjoram and Wild Basil, the Cowslip and the Flower-de-luce, the Daffodil and the Clove-Pink bloomed or blossomed in their proper order as the months went by, one flower taking another flower's place, so that there were always beautiful things to look at, and pleasant odours to smell."

"Little Hans had a great many friends, but the most devoted friend of all was big Hugh the Miller. Indeed, so devoted was the rich Miller to little Hans, that he would never go by his garden without leaning over the wall and plucking a large nosegay, or a handful of sweet herbs, or filling his pockets with plums and cherries if it was the fruit season."

"'Real friends should have everything in common,' the Miller used to say, and little Hans nodded and smiled, and felt very proud of having a friend with such noble ideas."

"Sometimes, indeed, the neighbours thought it strange that the rich Miller never gave little Hans anything in though he had a hundred sacks of flour stored away in his mill, and six milch cows, and a large flock of woolly sheep; but Hans never troubled his head about these things, and nothing gave him greater pleasure than to listen to all the wonderful things the Miller used to say about the unselfishness of true friendship."

"So little Hans worked away in his garden. During the spring, the summer, and the autumn he was very happy, but when the winter came, and he had no fruit or flowers to bring to the market, he suffered a good deal from cold and hunger, and often had to go to bed without any supper but a few dried pears or some hard nuts. In the winter, also, he was extremely lonely, as the Miller never came to see him then."

"'There is no good in my going to see little Hans as long as the snow lasts,' the Miller used to say to his wife, 'for when people are in trouble they should be left alone and not be bothered by visitors. That at least is my idea about friendship, and I am sure I am right. So I shall wait till the spring comes, and then I shall pay him a visit, and he will be able to give me a large basket of primroses, and that will make him so happy.'"

"'You are certainly very thoughtful about others,' answered the Wife, as she sat in her comfortable armchair by the big pinewood fire; 'very thoughtful indeed. It is quite a treat to hear you talk about friendship. I am sure the clergyman himself could not say such beautiful things as you do, though he does live in a three-storied house, and wear a gold ring on his little finger.'"

"'But could we not ask little Hans up here?' said the Miller's youngest son. 'If poor Hans is in trouble I will give him half my porridge, and show him my white rabbits.'"

"'What a silly boy you are!' cried the Miller; 'I really don't know what is the use of sending you to school. You seem not to learn anything. Why, if little Hans came up here, and saw our warm fire, and our good supper, and our great cask of red wine, he might get envious, and envy is a most terrible thing, and would spoil anybody's nature. I certainly will not allow Hans' nature to be spoiled. I am his best friend, and I will always watch over him, and see that he is not led into any temptations. Besides, if Hans came here, he might ask me to let him have some flour on credit, and that I could not do. Flour is one thing, and friendship is another, and they should not be confused. Why, the words are spelt differently, and mean quite different things. Everybody can see that.'"

"'How well you talk!' said the Miller's Wife, pouring herself out a large glass of warm ale; 'really I feel quite drowsy. It is just like being in church.'"

"'Lots of people act well,' answered the Miller; 'but very few people talk well, which shows that talking is much the more difficult thing of the two, and much the finer thing also;' and he looked sternly across the table at his little son, who felt so ashamed of himself that he hung his head down, and grew quite scarlet and began to cry into his tea. However, he was so young that you must excuse him."

"Is that the end of the story?" asked the Water-rat.

"Certainly not," answered the Linnet, "that is the beginning."

"Then you are quite behind the age," said the Water-rat. "Every good storyteller nowadays starts with the end, and then goes on to the beginning, and concludes with the middle. That is the new method. I heard all about it the other day from a critic who was walking round the pond with a young man. He spoke of the matter at great length, and I am sure he must have been right, for he had blue spectacles and a bald head, and whenever the young man made any remark, he always answered 'Pooh!' But pray go on with your story. I like the

Miller immensely. I have all kinds of beautiful sentiments myself, so there is a great sympathy between us."

"Well," said the Linnet, hopping now on one leg and now on the other, "as soon as the winter was over, and the primroses began to open their pale yellow stars, the Miller said to his wife that he would go down and see little Hans."

"'Why, what a good heart you have!' cried his Wife; 'you are always thinking of others. And mind you take the big basket with you for the flowers.'"

"So the Miller tied the sails of the windmill together with a strong iron chain, and went down the hill with the basket on his arm."

"'Good morning, little Hans,' said the Miller."

"'Good morning,' said Hans, leaning on his spade, and smiling from ear to ear."

"'And how have you been all the winter?' said the Miller."

"'Well, really,' cried Hans, 'it is very good of you to ask, very good indeed. I am afraid I had rather a hard time of it, but now the spring has come, and I am quite happy, and all my flowers are doing well.'"

"'We often talked of you during the winter, Hans,' said the Miller, 'and wondered how you were getting on.'"

"'That was kind of you,' said Hans; 'I was half afraid you had forgotten me.'"

"'Hans, I am surprised at you,' said the Miller; 'friendship never forgets. That is the wonderful thing about it, but I am afraid you don't understand the poetry of life. How lovely your primroses are looking, by-the-bye!'"

"'They are certainly very lovely,' said Hans, 'and it is a most lucky thing for me that I have so many. I am going to bring them into the market and sell them to the Burgomaster's daughter, and buy back my wheelbarrow with the money.'"

"Buy back your wheelbarrow? You don't mean to say you have sold it? What a very stupid thing to do!"

"'Well, the fact is,' said Hans, 'that I was obliged to. You see the winter was a very bad time for me, and I really had no money at all to buy bread with. So I first sold the silver buttons off my Sunday coat, and then I sold my silver chain, and then I sold my big pipe, and at last I sold my wheelbarrow. But I am going to buy them all back again now.'"

"'Hans,' said the Miller, 'I will give you my wheelbarrow. It is not in very good repair, indeed, one side is gone, and there is something wrong with the wheel-spokes, but in spite of that I will give it to you. I know it is very generous of me, and a great many people would think me extremely foolish for parting with it, but I am not like the rest of the world. I think that generosity is the essence of friendship, and, besides, I have got a new wheelbarrow for myself. Yes, you may set your mind at ease, I will give you wheelbarrow.'"

"'Well, really, that is generous of you,' said little Hans, his funny round face glowed all over with pleasure. 'I can easily put it in repair, as I have a plank of wood in the house.'"

"'A plank of wood!' said the Miller; 'why, that is just what I want for the roof of my barn. There is a very large hole in it, and the corn will all get damp if I don't stop it up. How lucky you mentioned it! It is quite remarkable how one good action always breeds another. I have given you my wheelbarrow, and now you are going to give me your plank. Of course, the wheelbarrow is worth far more than the plank, but true friendship never notices things like that. Pray get it at once, and I will set to work at my barn this very day.'"

"'Certainly,' cried little Hans, and he ran into the shed and dragged the plank out."

"'It is not a very big plank,' said the Miller, looking at it, 'and I am afraid that after I have mended my barn-roof there won't be any left for you to mend the wheelbarrow with; but, of course, that is not my fault. And now, as I have given you my wheelbarrow, I am sure you would like to give me some flowers in return. Here is the basket, and mind you fill it quite full.'"

"'Quite full?' said little Hans, rather sorrowfully, for it was really a very big basket, and he knew that if he filled it he would have no flowers left for the market, and he was very anxious to get his silver buttons back.”

“‘Well, really,’ answered the Miller, ‘as I have given you my wheelbarrow, I don’t think that it is much to ask you for a few flowers. I may be wrong, but I should have thought that friendship, true friendship, was quite free from selfishness of any kind.’”

“‘My dear friend, my best friend,’ cried little Hans, ‘you are welcome to all the flowers in my garden. I would much sooner have your good opinion than my silver buttons, any day;’ and he ran and plucked all his pretty primroses, and filled the Miller’s basket.”

“‘Good-bye, little Hans,’ said the Miller, and he went up the hill with the plank on his shoulder, and the big basket in his hand.”

“‘Good-bye,’ said little Hans, and he began to dig away quite merrily, he was so pleased about the wheelbarrow.”

“The next day he was nailing up some honeysuckle against the porch, when he heard the Miller’s voice calling to him from the road. So he jumped off the ladder, and ran down the garden, and looked over the wall.”

“There was the Miller with a large sack of flour on his back.”

“‘Dear little Hans,’ said the Miller, ‘would you mind carrying this sack of flour for me to market?’”

“‘Oh, I am so sorry,’ said Hans, ‘but I am really very busy to-day. I have got all my creepers to nail up, and all my flowers to water, and all my grass to roll.'"

"'Well, really,' said the Miller, 'I think, that considering that I am going to give you my wheelbarrow it is rather unfriendly of you to refuse.'"

"'Oh, don't say that,' cried little Hans, 'I wouldn't be unfriendly for the whole world;' and he ran in for his cap, and trudged off with the big sack on his shoulders."

"It was a very hot day, and the road was terribly dusty, and before Hans had reached the sixth milestone he was so tired that he had to sit down and rest. However, he went on bravely, and at least he reached the market. After he had waited there for some time, he sold the sack of flour for a very good price, and then he returned home at once, for he was afraid that if he stopped too late he might meet some robbers on the way."

"'It has certainly been a hard day,' said little Hans to himself as he was going to bed, 'but I am glad I did not refuse the Miller, for he is my best friend and, besides, he is going to give me his wheelbarrow.'"

"Early the next morning the Miller came down to get the money for his sack of flour, but little Hans was so tired that he was still in bed."

"'Upon my word,' said the Miller, 'you are very lazy. Really considering that I am going to give you my wheelbarrow, I think you might work harder. Idleness is a great sin, and I certainly don't like any of my friends to be idle or sluggish. You must not mind my speaking quite plainly to you. Of course I should not dream of doing so if I were not your friend. But what is the good of friendship if one cannot say exactly what one means? Anybody can say charming things and try to please and to flatter, but a true friend always says unpleasant things, and does not mind giving pain. Indeed, if he is a really true friend he prefers it, for he knows that then he is doing good.'"

"'I am very sorry,' said little Hans, rubbing his eyes and pulling off his nightcap, 'but I was so tired that I thought I would lie in bed for a little time, and listen to the birds singing. Do you know that I always work better after hearing the birds sing?'"

"'Well, I am glad of that,' said the Miller, clapping little Hans on the back, 'for I want you to come up to the mill as soon as you are dressed and mend my barn-roof for me.'"

"Poor little Hans was very anxious to go and work in his garden, for his flowers had not been watered for two days, but he did not like to refuse the Miller, as he was such a good friend to him."

"'Do you think it would be unfriendly of me if I said I was busy?' he enquired in a shy and timid voice."

"'Well, really,' answered the Miller, 'I do not think it is much to ask of you, considering that I am going to give you my wheelbarrow; but, of course, if you refuse I will go and do it myself.'"

"'Oh! on no account,' cried little Hans; and he jumped out of bed, and dressed himself, and went up to the barn."

"He worked there all day long, till sunset, and at sunset the Miller came to see how he was getting on."

"'Have you mended the hole in the roof yet, little Hans?' cried the Miller in a cheery voice."

"'It is quite mended,' answered little Hans, coming down the ladder."

"'Ah!' said the Miller, 'there is no work so delightful as the work one does for others.'"

"'It is certainly a great privilege to hear you talk,' answered little Hans, sitting down and wiping his forehead, 'a very great privilege. But I am afraid I shall never have such beautiful ideas as you have.'"

"'Oh! they will come to you,' said the Miller, 'but you must take more pains. At present you have only the practice of friendship; some day you will have the theory also.'"

"'Do you really think I shall?' asked little Hans."

"'I have no doubt of it,' answered the Miller, 'but now that you have mended the roof, you had better go home and rest, for I want you to drive my sheep to the mountain tomorrow.'"

"Poor little Hans was afraid to say anything to this, and early the next morning the Miller brought his sheep round to the cottage, and Hans started off with them to the mountain. It took him the whole day to get there and back; and when he returned he was so tired that he went off to sleep in his chair, and did not wake up till it was broad daylight."

"'What a delightful time I shall have in my garden!' he said. and he went to work at once."

"But somehow he was never able to look after his flowers at all, for his friend the Miller was always coming round and sending him off on long errands, or getting him to help at the mill. Little Hans was very much distressed at times, as he was afraid his flowers would think he had forgotten them, but he consoled himself by the reflection that the Miller was his best friend. 'Besides,' he used to say, 'he is going to give me his wheelbarrow, and that is an act of pure generosity.'"

"So little Hans worked away for the Miller, and the Miller said all kinds of beautiful things about friendship, which Hans took down in a notebook, and used to read over at night, for he was a very good scholar."

"Now it happened that one evening little Hans was sitting by his fireside when a loud rap came at the door. It was a very wild night, and the wind was blowing and roaring round the house so terribly that at first he thought it was merely the storm. But a second rap came, and then a third, louder than any of the others.'

"'It is some poor traveller,' said little Hans to himself, and he ran to the door.'"

"There stood the Miller with a lantern in one hand and a big stick in the other."

"'Dear little Hans,' cried the Miller, 'I am in great trouble. My little boy has fallen off a ladder and hurt himself, and I am going for the Doctor. But he lives so far away, and it is such a bad night, that it has just occurred to me that it would be much better if you went instead of me. You know I am going to give you my wheelbarrow, and so it is only fair that you should do something for me in return.'"

"'Certainly,' cried little Hans, 'I take it quite as a compliment your coming to me, and I will start off at once. But you must lend me your lantern, as the night is so dark that I am afraid I might fall into the ditch.'"

"'I am very sorry,' answered the Miller, 'but it is my new lantern, and it would be a great loss to me if anything happened to it.'"

"'Well, never mind, I will do without it,' cried little Hans, and he took down his great fur coat, and his warm scarlet cap, and tied a muffler round his throat, and started off."

"What a dreadful storm it was! The night was so black that

little Hans could hardly see, and the wind was so strong that he could hardly stand. However, he was very courageous, and after he had been walking about three hours, he arrived at the Doctor's house, and knocked at the door."

"'Who is there?' cried the Doctor, putting his head out of his bedroom window."

"Little Hans, Doctor."

"What do you want, little Hans?"

"The Miller's son has fallen from a ladder, and has hurt himself, and the Miller wants you to come at once."

"'All right!' said the Doctor; and he ordered his horse, and his big boots, and his lantern, and came downstairs, and rode off in the direction of the Miller's house, little Hans trudging behind him."

"But the storm grew worse and worse, and the rain fell in torrents, and little Hans could not see where he was going, or keep up with the horse. At last he lost his way, and wandered off on the moor, which was a very dangerous place, as it was full of deep holes, and there poor little Hans was drowned. His body was found the next day by some goatherds, floating in a great pool of water, and was brought back by them to the cottage."

"Everybody went to little Hans' funeral, as he was so popular, and the Miller was the chief mourner."

"'As I was his best friend,' said the Miller, 'it is only fair that I should have the best place;' so he walked at the head of the procession in a long black cloak, and every now and then he wiped his eyes with a big pocket-handkerchief."

"'Little Hans is certainly a great loss to everyone,' said the Blacksmith, when the funeral was over, and they were all seated comfortably in the inn, drinking spiced wine and eating sweet cakes."

"'A great loss to me at any rate,' answered the Miller; 'why, I had as good as given him my wheelbarrow, and now I really don't know what to do with it. It is very much in my way at home, and it is in such bad repair that I could not get anything for it if I sold it. I will certainly take care not to give away anything again. One certainly suffers for being generous.'"

"Well?" said the Water-rat, after a long pause.

"Well, that is the end," said the Linnet.

"But what became of the Miller?" asked the Water-rat.

"Oh! I really don't know," replied the Linnet; "and I am sure that I don't care."

"It is quite evident then that you have no sympathy in your nature," said the Water-rat.

"I am afraid you don't quite see the moral of the story," remarked the Linnet.

"The what?" screamed the Water-rat.

"The moral."

"Do you mean to say that the story has a moral?"

"Certainly," said the Linnet.

"Well, really," said the Water-rat, in a very angry manner, "I think you should have told me that before you began. If you had done so, I certainly would not have listened to you; in fact, I should have said 'Pooh,' like the critic. However, I can say it now;" so he shouted out "Pooh," at the top of his voice, gave a whisk with his tail, and went back into his hole.

"And how do you like the Water-rat?" asked the Duck, who came paddling up some minutes afterwards.

"He has a great many good points, but for my own part I have a mother's feelings, and I can never look at a confirmed bachelor without the tears coming into my eyes."

"I am rather afraid that I have annoyed him," answered the Linnet.

"The fact is that I told him a story with a moral."

"Ah! that is always a very dangerous thing to do," said the Duck.

And I quite agree with her.

"I am not a family man.
In fact, I have never been married, and I never intend to be.
Love is all very well in its way, but friendship is much higher.
Indeed, I know of nothing in the world that is either nobler or
rarer than a devoted friendship."
"And what, pray, is your idea of the duties of a devoted friend?"

"I should expect my devoted friend to be
devoted to me, of course."
"And what would you do in return?"

The Remarkable Rocket

*

The King's son was going to be married, so there were general rejoicing. He had waited a whole year for his bride, and at last she had arrived.

She was a Russian Princess, and had driven all the way from Finland in a sledge drawn by six reindeer. The sledge was shaped like a great golden swan, and between the swan's wings lay the little Princess herself. Her long ermine cloak reached right down to her feet, on her head was a tiny cap of silver tissue, and she was as pale as the Snow Palace in which she had always lived.

So pale was she that as she drove through the streets all the people wondered.

"She is like a white rose!" they cried, and they threw down flowers on her from the balconies.

At the gate of the Castle the Prince was waiting to receive her. He had dreamy violet eyes, and his hair was like fine gold. When he saw her he sank upon one knee, and kissed her hand.

"Your picture was beautiful," he murmured, "but you are more beautiful than your picture," and the little Princess blushed.

"She was like a white rose before," said a young page to his neighbour, "but she is like a red rose now;" and the whole Court was delighted.

For the next three days everybody went about saying, "White rose, Red rose, Red rose, White rose" and the King gave orders that the Page's salary was to be doubled.

As he received no salary at all this was not of much use to him, but it was considered a great honour, and was duly published in the Court Gazette.

When the three days were over the marriage was celebrated. It was a magnificent ceremony, and the bride and bridegroom walked hand in hand under a canopy of purple velvet embroidered with little pearls. Then there was a State Banquet, which lasted for five hours.

The Prince and Princess sat at the top of the Great Hall and drank out of a cup of clear crystal. Only true lovers could drink out of this cup, for if false lips touched it, it grew grey and dull and cloudy.

"It is quite clear that they love each other," said the little Page, "as clear as crystal!" and the King doubled his salary a second time.

"What an honour!" cried all the courtiers.

After the banquet there was to be a Ball. The bride and bridegroom were to dance the Rose-dance together, and the King had promised to play the flute.

He played very badly, but no one had ever dared to tell him so, because he was the King. Indeed, he knew only two airs, and was never quite certain which one he was playing; but it made no matter, for, whatever he did, everybody cried out, "Charming! charming!"

The last item on the programme was a grand display of fireworks, to be let off exactly at midnight.

The little Princess had never seen a firework in her life, so the King had given orders that the Royal Pyrotechnist should be in attendance on the day of her marriage.

"What are fireworks like?" she had asked the Prince, one morning, as she was walking on the terrace.

"They are like the Aurora Borealis," said the King, who always answered questions that were addressed to other people "only much more natural. I prefer them to stars myself, as you always know when they are going to appear, and they are as delightful as my own flute-playing. You must certainly see them."

So at the end of the King's garden a great stand had been set up, and as soon as the Royal Pyrotechnist had put everything in its proper place, the fireworks began to talk to each other.

"The world is certainly very beautiful," cried a little Squib. "Just look at those yellow tulips. Why! if they were real crackers they could not be lovelier. I am very glad I have travelled. Travel improves the mind wonderfully, and does away with all one's prejudices."

"The King's garden is not the world, you foolish Squib," said a big Roman Candle; "the world is an enormous place, it would take you three days to see it thoroughly."

"Any place you love is the world to you," exclaimed the pensive Catherine Wheel, who had been attached to an old deal box in early life, and prided herself on her broken heart; "but love is not fashionable any more, the poets have killed it. They wrote so much about it that nobody believed them, and I am not surprised. True love suffers, and is silent. I remember myself once — But no matter now. Romance is a thing of the past."

"Nonsense!" said the Roman Candle.

"Romance never dies. It is like the moon, and lives for ever.

The bride and bridegroom, for instance, love each other very dearly. I heard all about them this morning from a brown-paper cartridge, who happened to be staying in the same drawer as myself, and he knew the latest Court news."

But the Catherine Wheel shook her head. "Romance is dead, Romance is dead, Romance is dead," she murmured.

She was one of those people who think that, if you say the same thing over and over a great many times, it becomes true in the end.

Suddenly, a sharp, dry cough was heard, and they all looked round.

It came from a tall, supercilious-looking Rocket, who was tied to the end of a long stick. He always coughed before he made any observations, so as to attract attention.

"Ahem! ahem!" he said, and everybody listened except the poor Catherine Wheel, who was still shaking her head, and murmuring, "Romance is dead."

"Order! order!" cried out a Cracker.

He was something of a politician, and had always taken a prominent part in the local elections, so he knew the proper Parliamentary expressions to use.

"Quite dead," whispered the Catherine Wheel, and she went off to sleep.

As soon as there was perfect silence, the Rocket coughed a

third time and began. He spoke with a very slow, distinct voice, as if he were dictating his memoirs, and always looked over the shoulder of the person to whom he was talking. In fact, he had a most distinguished manner.

"How fortunate it is for the King's son," he remarked, "that he is to be married on the very day on which I am to be let off! Really, if it had not been arranged beforehand, it could not have turned out better for him; but Princes are always lucky."

"Dear me!" said the little Squib, "I thought it was quite the other way, and that we were to be let off in the Prince's honour."

"It may be so with you," he answered; "indeed, I have no doubt that it is, but with me it is different. I am a very remarkable Rocket, and come of remarkable parents. My mother was the most celebrated Catherine Wheel of her day, and was renowned for her graceful dancing. When she made her great public appearance she spun round nineteen times before she went out, and each time that she did so she threw into the air seven pink stars. She was three feet and a half in diameter, and made of the very best gunpowder. My father was a Rocket like myself, and of French extraction. He flew so high that the people were afraid that he would never come down again. He did, though, for he was of a kindly disposition, and he made a most brilliant descent in a shower of golden rain.

The newspapers wrote about his performance in very flattering terms. Indeed, the Court Gazette called him a triumph of Pylotechnic art."

"Pyrotechnic, Pyrotechnic, you mean," said a Bengal Light; "I know it is Pyrotechnic, for I saw it written on my own canister."

"Well, I said Pylotechnic," answered the Rocket, in a severe tone of voice, and the Bengal Light felt so crushed that he began at once to bully the little squibs, in order to show that he was still a person of some importance.

"I was saying," continued the Rocket, "I was saying — What was I saying?"

"You were talking about yourself," replied the Roman Candle.

"Of course; I knew I was discussing some interesting subject when I was so rudely interrupted. I hate rudeness and bad manners of every kind, for I am extremely sensitive. No one in the whole world is so sensitive as I am, I am quite sure of that."

"What is a sensitive person?" said the Cracker to the Roman Candle.

"A person who, because he has corns himself, always treads on other people's toes," answered the Roman Candle in a low whisper; and the Cracker nearly exploded with laughter.

"Pray, what are you laughing at?" inquired the Rocket; "I am not laughing."

"I am laughing because I am happy," replied the Cracker.

"That is a very selfish reason," said the Rocket angrily.

"What right have you to be happy? You should be thinking about others. In fact, you should be thinking about me. I am always thinking about myself, and I expect eveybody to do the same. That is what is called sympathy. It is a beautiful virtue, and I possess it in a high degree. Suppose, for instance, anything happened to me to-night, what a misfortune that would be for every one! The Prince and Princess would never be happy again, their whole married life would be spoiled; and as for the King, I know he would not get over it. Really, when I begin to reflect on the importance of my position, I am almost moved to tears."

"If you want to give pleasure to others," cried the Roman Candle, "you had better keep yourself dry."

"Certainly," exclaimed the Bengal Light, who was now in better spirits; "that is only common sense."

"Common sense, indeed!" said the Rocket indignantly; "you forget that I am very uncommon, and very remarkable. Why, anybody can have common sense, provided that they have no imagination. But I have imagination, for I never think of things as they really are; I always think of them as being quite different. As for keeping myself dry, there is evidently no one here who can at all appreciate an emotional nature. Fortunately for myself, I don't care. The only thing that sustains one through life is the consciousness of the immense inferiority of everybody else, and this is a feeling I have always cultivated. But none of you have any hearts. Here you are laughing and making merry just as if the Prince and Princess had not just been married."

"Well, really," exclaimed a small Fire-balloon, "why not? It is a most joyful occasion, and when I soar up into the air I intend to tell the stars all about it. You will see them twinkle when I talk to them about the pretty bride."

"Ah! what a trivial view of life!" said the Rocket; "but it is only what I expected. There is nothing in you; you are hollow and empty. Why, perhaps the Prince and Princess may go to live in a country where there is a deep river, and perhaps they may have one only son, a little fair-haired boy with violet eyes like the Prince himself; and perhaps some day he may go out to walk with his nurse; and perhaps the nurse may go to sleep under a great elder-tree; and perhaps the little boy may fall into the deep river and be drowned. What a terrible misfortune! Poor people, to lose their only son! It is really too dreadful! I shall never get over it."

"But they have not lost their only son," said the Roman Candle; "no misfortune has happened to them at all."

"I never said that they had," replied the Rocket; "I said that they might. If they had lost their only son there would be no use in saying any more about the matter. I hate people who cry over spilt milk. But when I think that they might lose their only son, I certainly am very much affected."

"You certainly are!" cried the Bengal Light.

"In fact, you are the most affected person I ever met."

"You are the rudest person I ever met," said the Rocket, "and you cannot understand my friendship for the Prince."

"Why, you don't even know him," growled the Roman Candle.

"I never said I knew him," answered the Rocket.

"I dare say that if I knew him I should not be his friend at all. It is a very dangerous thing to know one's friends."

"You had really better keep yourself dry," said the Fire-balloon.

"That is the important thing."

"Very important for you, I have no doubt," answered the Rocket, "but I shall weep if I choose;" and he actually burst into real tears, which flowed down his stick like rain-drops, and nearly drowned two little beetles, who were just thinking of setting up house together, and were looking for a nice dry spot to live in.

"He must have a truly romantic nature;" said the Catherine

Wheel, "for he weeps when there is nothing at all to weep about;" and she heaved a deep sigh and thought about the deal box.

But the Roman Candle and the Bengal Light were quite indignant, and kept saying, "Humbug! humbug!" at the top of their voices.

They were extremely practical, and whenever they objected to anything they called it humbug.

Then the moon rose like a wonderful silver shield; and the stars began to shine, and a sound of music came from the palace.

The Prince and Princess were leading the dance. They danced so beautifully that the tall white lilies peeped in at the window and watched them, and the great red poppies nodded their heads and beat time.

Then ten o'clock struck, and then eleven, and then twelve, and at the last stroke of midnight every one came out on the terrace, and the King sent for the Royal Pyrotechnist.

"Let the fireworks begin," said the King; and the Royal Pyrotechnist made a low bow, and marched down to the end of the garden.

He had six attendants with him, each of whom carried a lighted torch at the end of a long pole.

It was certainly a magnificent display.

Whizz! Whizz! went the Catherine Wheel, as she spun round and round. Boom! Boom! went the Roman Candle. Then the Squibs danced all over the place, and the Bengal Lights made everything look scarlet.

"Good-bye," cried the Fire-balloon, as he soared away, dropping tiny blue sparks. Bang! Bang! answered the Crackers, who were enjoying themselves immensely.

Every one was a great success except the Remarkable Rocket.

He was so damped with crying that he could not go off at all.

The best thing in him was the gunpowder, and that was so wet with tears that it was of no use. All his poor relations, to whom he would never speak, except with a sneer, shot up into the sky like wonderful golden flowers with blossoms of fire.

Huzza! Huzza! cried the Court; and the little Princess laughed with pleasure.

"I suppose they are reserving me for some grand occasion," said the Rocket; "no doubt that is what it means," and he looked more supercilious than ever.

The next day the workmen came to put everything tidy.

"This is evidently a deputation," said the Rocket; "I will receive them with becoming dignity:" so he put his nose in the air, and began to frown severely, as if he were thinking about some very important subject. But they took no notice of him at all till they were just going away. Then one of them caught sight of him.

"Hallo!" he cried, "what a bad rocket!" and he threw him over the wall into the ditch.

"BAD ROCKET? BAD. ROCKET?" he said, as he whirled through the air; "impossible! GRAND ROCKET, that is what the man said. BAD and GRAND sound very much the same, indeed they often are the same;" and he fell into the mud.

"It is not comfortable here," he remarked, "but no doubt it is some fashionable watering-place, and they have sent me away to recruit my health. My nerves are certainly very much shattered, and I require rest."

Then a little Frog, with bright jewelled eyes, and a green mottled coat, swam up to him.

"A new arrival, I see!" said the Frog.

"Well, after all there is nothing like mud. Give me rainy weather and a ditch, and I am quite happy. Do you think it will be a wet afternoon! I am sure I hope so, but the sky is quite blue and cloudless. What a pity!"

"Ahem! ahem!" said the Rocket, and he began to cough.

"What a delightful voice you have!" cried the Frog.

"Really it is quite like a croak, and croaking is, of course, the most musical sound in the world. You will hear our glee-club this evening. We sit in the old duck-pond close by the farmer's house, and as soon as the moon rises we begin. It is so entrancing that everybody lies awake to listen to us. In fact, it was only yesterday that I heard the farmer's wife say to her mother that she could not get a wink of sleep at night on account of us. It is most gratifying to find oneself so popular."

"Ahem! ahem!" said the Rocket angrily.

He was very much annoyed that he could not get a word in.

"A delightful voice, certainly," continued the Frog; "I hope you will come over to the duck-pond. I am off to look for my daughters. I have six beautiful daughters, and I am so afraid the Pike may meet them. He is a perfect monster, and would have no hesitation in breakfasting off them. Well, good-bye; I have enjoyed our conversation very much, I assure you."

"Conversation, indeed!" said the Rocket.

"You have talked the whole time yourself. That is not conversation."

"Somebody must listen," answered the Frog, "and I like to do all the talking myself. It saves time, and prevents arguments."

"But I like arguments," said the Rocket.

"I hope not," said the Frog complacently.

"Arguments are extremely vulgar, for everybody in good society holds exactly the same opinions. Good-bye a second time; I see my daughters in the distance;" and the little Frog swam away.

"You are a very irritating person," said the Rocket, "and very ill-bred. I hate people who talk about themselves, as you do, when one wants to talk about oneself, as I do. It is what I call selfishness, and selfishnessness is a most detestable thing, especially to any one of my temperament, for I am well known for my sympathetic nature. In fact, you should take example by me; you could not possibly have a better model. Now that you have the chance you had better avail yourself of it, for I am going back to Court almost immediately. I am a great favourite at Court; in fact, the Prince and Princess were married yesterday in my honour. Of course, you know nothing of these matters, for you are a provincial."

"There is no good talking to him," said a Dragonfly, who was sitting on the top of a large brown bulrush; "no good at all, for he has gone away."

"Well, that is his loss, not mine," answered the Rocket.

"I am not going to stop talking to him merely because he pays no attention. I like hearing myself talk. It is one of my greatest pleasures. I often have long conversations all by myself, and I am so clever that sometimes I don't understand a single word of what I am saying."

"Then you should certainly lecture on Philosophy," said the Dragonfly, and he spread a pair of lovely gauze wings and soared away into the sky.

"How very silly of him not to stay here!" said the Rocket.

"I am sure that he has not often got such a chance of improving his mind. However, I don't care a bit. Genius like mine is sure to be appreciated some day;" and he sank down a little deeper into the mud.

After some time a large White Duck swam up to him.

She had yellow legs, and webbed feet, and was considered a great beauty on account of her waddle.

"Quack, quack, quack," she said.

"What a curious shape you are! May I ask were you born like that, or is it the result of an accident?"

"It is quite evident that you have always lived in the country," answered the Rocket, "otherwise you would know who I am. However, I excuse your ignorance. It would be unfair to expect other people to be as remarkable as oneself. You will no doubt be surprised to hear that I can fly up into the sky, and come down in a shower of golden rain."

"I don't think much of that," said the Duck, "as I cannot see what use it is to any one. Now, if you could plough the fields like the ox, or draw a cart like the horse, or look after the sheep like the collie-dog, that would be something."

"My good creature," cried the Rocket in a very haughty tone of voice, "I see that you belong to the lower orders. A person of my position is never useful. We have certain accomplishments, and that is more than sufficient. I have no sympathy myself with industry of any kind, least of all with such industries as you seem to recommend. Indeed, I have always been of the opinion that hard work is simply the refuge of people who have nothing whatever to do."

"Well, well," said the Duck, who was of a very peaceful disposition, and never quarrelled with any one, "everybody has different tastes. I hope, at any rate, that you are going to take up your residence here."

"Oh! dear no," cried the Rocket. "I am merely a visitor, a distinguished visitor. The fact is that I find this place rather tedious. There is neither society here, nor solitude. In fact, it is essentially suburban. I shall probably go back to Court, for I know that I am destined to make a sensation in the world."

"I had thoughts of entering public life once myself," remarked the Duck; "there are so many things that need reforming. Indeed, I took the chair at a meeting some time ago, and we passed resolutions condemning everything that we did not like. However, they did not seem to have much effect. Now I go in for domesticity, and look after my family."

"I am made for public life," said the Rocket, "and so are all my relations, even the humblest of them. Whenever we appear we excite great attention. I have not actually appeared myself, but when I do so it will be a magnificent sight. As for domesticity, it ages one rapidly, and distracts one's mind from higher things."

"Ah! the higher things of life, how fine they are!" said the Duck; "and that reminds me how hungry I feel;" and she swam away down the stream, saying, "Quack, quack, quack."

"Come back! come back!" screamed the Rocket, "I have a great deal to say to you;" but the Duck paid no attention to him. "I am glad that she has gone," he said to himself, "she has a decidedly middle-class mind;" and he sank a little deeper still into the mud, and began to think about the loneliness of genius, when suddenly two little boys in white smocks came running down the bank with a kettle and some faggots.

"This must be the deputation," said the Rocket, and he tried to look very dignified.

"Hallo!" cried one of the boys, "look at this old stick; I wonder how it came here;" and he picked the rocket out of the ditch.

"OLD STICK!" said the Rocket, "impossible! GOLD STICK, that is what he said. Gold Stick is very complimentary; In fact, he mistakes me for one of the Court dignitaries!"

"Let us put it into the fire!" said the other boy, "it will help to boil the kettle."

So they piled the faggots together, and put the Rocket on top, and lit the fire.

"This is magnificent," cried the Rocket, "they are going to let me off in broad daylight, so that every one can see me."

"We will go to sleep now," they said, "and when we wake up the kettle will be boiled:" and they lay down on the grass, and shut their eyes.

The Rocket was very damp, so he took a long time to burn. At last, however, the fire caught him.

"Now I am going off!" he cried, and he made himself very stiff and straight.

"I know I shall go much higher than the stars, much higher than the moon, much higher than the sun. In fact, I shall go so high that —"

Fizz! Fizz! Fizz! and he went straight up into the air.

"Delightful!" he cried, "I shall go on like this for ever. What a success I am."

But nobody saw him.

Then he began to feel a curious tingling sensation all over him.

"Now I am going to explode," he cried.

"I shall set the whole world on fire, and make such a noise that nobody will talk about anything else for a whole year."

And he certainly did explode. Bang! Bang! Bang! went the gunpowder. There was no doubt about it.

But nobody heard him, not even the two little boys, for they were sound asleep.

Then all that was left of him was the stick, and this fell down on the back of a Goose who was taking a walk by the side of the ditch.

"Good heavens!" cried the Goose.

"It is going to rain sticks;" and she rushed into the water.

"I knew I should create a great sensation," gasped the Rocket, and he went out.

<END>

"I don't think much of that,"
said the Duck,
"as I cannot see what use it is to any one.
Now, if you could plough the fields like the ox,
or draw a cart like the horse,
or look after the sheep like the collie-dog,
that would be something."

오스카 핑걸 오플래허티 일즈 와일드
Oscar Fingal O'Flahertie Wills Wilde
1854~1900

오스카 핑걸 오플래허티 일즈 와일드(Oscar Fingal O'Flahertie Wills Wilde)는 아일랜드 더블린 출생의 극작가이자 소설가, 시인으로 19세기 말 유미주의를 대표하는 작가이다. 젊었을 때 뛰어난 재기(才氣)와 화려한 행동으로 인하여 세간의 주목을 끌었으며, 그의 작품 중 경구(驚句)로 가득한 희극은 수많은 관객들을 모으는 데 성공하였다. 좌담과 강연에 능했고 사교계의 화려한 존재였다.

오스카는 유명한 안과 의사이자 고고학자였고 박애주의자

였던 아버지와 당시 성공적인 작가이자 민족주의자인 어머니 사이에서 1854년 태어났다. 1871년 더블린의 트리니티 대학에서 고전문학을 공부하고, 1874년 옥스퍼드 대학에 입학하여 우수한 성적으로 1878년에 졸업했다. 그때 《르네상스(1873)》에 의하여 새로운 심미주의적 예술관과 인생관을 창도한 W. 페이터의 영향을 받았는데, 이 책은 오스카에게 있어서 평생의 '황금서(黃金書)'가 되었다.

대학 졸업 후 작가 생활을 시작하였다. 1882년에는 미국에 건너가 영국 문예부흥과 신이교주의(新異敎主義)의 선양을 위한 강연을 각 지방에서 행하여 큰 성공을 거두었다.

작품으로는 1881년의 《시집(詩集)》을 비롯하여 1888년에 동화집 《행복한 왕자와 다른 이야기》가 출간되었다. 특히 《행복한 왕자와 다른 이야기》는 1884년에 결혼한 그가 자녀들을 위하여 썼다고 하는데, 그의 온순함과 그 무렵의 사회적 풍자가 넘치는 걸작으로 평가받는다.

오스카의 문학적 명성이 일약 올라간 것은 고딕풍의 멜로드라마이자 유일한 장편소설 《도리언 그레이의 초상(1891)》에 의해서였다. 머리말에 "서적에는 도덕적인 것도 부도덕적인 것도 없다. 잘 썼느냐 그렇지 않으냐가 문제이다"라고 말한 주장이 잡지에 발표되었을 때 세상의 비난의 표적이 되었다. 이 책은 잡지에 발표하던 것을 증보하여 단행본으로 간행한 것으로, 미모의 청년 도리언이 쾌락주의의 나날을 보내다 악덕의 한계점에 이르러 마침내는 파멸한다는 이야기를 담았다. 그는 이어서 제2의 동화집 《석류나무집(1891)》, 중편소설집 《아서 새빌 경의 범죄(1891)》, 비평집《의향(1891)》 등을 발표하였다.

하지만 좌담에 대한 그의 재능이 발휘된 것은《윈더미어 부인의 부채(1892)》《살로메(1893)》《거짓에서 나온 성실(1895)》 등에서였다. 이 작품들은 일련의 세태를 배경으로 한 희극으로 19세기를 대표하는 작품이다. 교묘한 회화와 기지와 경구로 뛰어나 지금도 호평을 받고 있을 정도이다. 특히 프랑스어로 쓰인, 괴기한 미와 환상의 시극《살로메》는 영국에서 상연이 금지되었으며 1894년에 사라 베르나르에 의해 파리에서 초연되기도 했다.

그 후 오스카는 1895년 동성애적 성벽(性癖)으로 인한 퀸즈베리 후작과의 소송에서 패소, '막중한 풍기문란'이란 죄명으로 2년의 실형을 받고 극적인 몰락을 겪게 된다. 형기(刑期) 중에 익명의 시(詩)《리딩 감옥의 발라드(1898)》와 참회록《옥중기(1897)》 등을 쓰기도 했다.

그는 이 사건으로 영국에서 영원히 추방되어 평생 돌아가지 못했으며 프랑스 파리에서 1900년 비참한 생을 마쳤다.

　아일랜드는 영국 옆에 있는 비교적 작은 나라지만, 세계 문학에 큰 영향을 준 예이츠, 조너선 스위프트, 제임스 조이스, 버나드 쇼, 오스카 와일드를 배출한 나라로 유명하다. 특히 수도 더블린은 곳곳에 그 작가들의 족적이 남아 있어서 도심을 걷노라면 작가들이 살았던 집들을 만나기도 하고, 그들의 작품이 공연된 극장을 만나거나 작가의 동상을 만나게 된다.

　나는 아일랜드를 두 차례 여행했다. 특히 두 번째 여행은 아일랜드 문학 기행을 주제로 삼았기에 더욱 의미 있는 시간을 가졌다. 그때 더블린 시내의 아주 작은 공원에서 오스카 와일드의 동상을 보았다. 기이한 행동으로 유명했던 와일드여서일까, 그의 동상은 똑바로 서 있지 않고 바위 위에 비스듬히 누워 있었다. 동상을 보고 슬며시 미소 지었던 기억이 오래도록 남아 있다.

　이번에 《행복한 왕자》를 타이틀로 한 오스카 와일드의 동화집(원제: The Happy Prince and Other Tales)을 옮기면서, 시간과 공간 여행을 하는 느낌을 맛보았다. 어릴 때 읽은 《행복한 왕자》를 떠올리면서 오래전 그 시절로, 몇 해 전의 아일랜드 여행을 떠올리면서 그 공간으로 훌쩍 떠난 기분이었다. 거기에 이야기 속으로 들어가니 정말 색다른 세계로 빠져드는 독특한 경험을 했다.

　어릴 때 읽은 《행복한 왕자》는 단연 왕자의 이야기였다. 검에 박힌 루비와 눈인 사파이어, 몸을 덮은 금박까지 가진 것 모두 가난한 이들에게 내주는 착한 행복한 왕자의 이야기. 하지만 이번에 《행복한 왕자》를 번역 작업하면서 나는 왕자뿐 아니라 제비에게 마음이 쓰였다. 왕자는 보석을 내주었지만, 왕자의 보석을 가난한 이들에게 가져다주는 일을 부탁받은 제비는 그 때문에 남쪽 나라 이집트에 가지 못하고 결국 목숨까지 내준다. 반짝거림이 사라진 우중충한 외양의 행복한 왕자와 그 발치에서 죽어 있는 제비. 그 사연도 모른 채 한심한 이야기를 늘어놓는 인간들. 그 상황이 빚어내는 부조리와 암울한 분위기에서 오스카 와일드가 세상에 건네는 조소와 염려와 당부를 읽을 수 있다는 생각을 했다.

이 책은 '행복한 왕자' 이외에 '나이팅게일과 장미' '욕심쟁이 거인' '충직한 친구' '우월한 로켓 폭죽'도 누군가에게 주는 것에 대한 이야기이다. 이 이야기들은 오스카 와일드의 글답게 선행에 따른 행복한 결말이 이어지지 않는다. 주는 것은 주는 것에서 그칠 뿐, 그에 대한 감사와 보답은 없다. 그것은 와일드는 백 년도 더 전에 이 글들을 썼지만 그 소설의 풍경은 오늘날 인간 세상의 풍경이기도 하기 때문이다. 그 때문에 이 이야기들은 흔히 아는 것처럼 동화가 아닌 우리 모두를 위한 글이다. 절망스러운 인간과 관계의 본성이 그려지지만 그 안에서도 나눔과 베풂, 사랑을 건져 올릴 수 있다. 작업하면서 이야기마다 마음 아팠고 또 나는 어떤 사람인지 생각해볼 수 있는 시간이었다.

오스카 와일드가 누워 있는 더블린. 다시 가보고 싶다.

공경희

Windsor Joe Innis

원저 조 이니스

Against the wind, 80×116.5cm

© Windsor Joe Innis

Breeze in the Burning Field, 53 × 65cm

© Windsor Joe Innis

The Swallow, 19 × 24cm

© Windsor Joe Innis

INNIS '68

Farmscape, 53×65cm
© Windsor Joe Innis

Lilies, Gold Carp, 53 × 65cm

© Windsor Joe Innis

The Forgotten Hacienda, 61 × 75cm

© Windsor Joe Innis

The Water Carrier, 45 × 53cm

© Windsor Joe Innis

Up From the Studio, 45×38cm
© Windsor Joe Innis

윈저 조 이니스
Windsor Joe Innis

윈저 조 이니스는 미국의 신인상주의 화가로, 인간이 닿을 수 있는 진실을 찾는 신선한 화풍, 탁월한 감각으로 세계적 명성을 얻고 있으며 조각가, 작가로도 활동하고 있다. 샌디에이고 주립 대학에서 학위를 받았으며 〈웨스트코스트〉 신문사에서 정치부 필자, 편집자, 칼럼니스트로 일했다. 한국, 프랑스, 포르투갈, 터키, 일본, 영국, 멕시코, 캐나다 등 여러 나라에서 생활하면서 전시와 작품 활동을 했다. 멕시코 산미겔 인스티투토 아옌데(과나하토 대학)에서 석사 학위를 받았고, 그 후 고급예술학과 교수로 학생들을 가르쳤다. 또한 예술가를 위한 대중적인 수준의 조언을 담은 《이름난 화가가 되고도 그림을 그리는 법》(2000), 《다시 떠오르다》(2000), 《이국의 순수-코아테펙 소녀들》(2008), 《아와마루》(1981), 《더 좋은 세월》(1984), 《윈저와 신비의 섬》(2010), 《롯데의 비밀》(2011) 등을 집필했다. 그의 책은 비평계에도 반향을 일으켜 〈미국 도서관 연합 도서목록〉〈퍼블리셔스 위클리〉〈커커스 리뷰〉 및 주요 신문의 주목을 받았다. 현재 그의 이름은 저명한 인명 백과사전 《후즈 후 인 아메리카》와 《게일 현대 작가 목록 사전》에 등재되어 있다.

그의 작품은 개인은 물론 전 세계 유수의 기관에 소장되어 있으며, 각국의 인사들은 그에게 힘이 되어주고 있다. 일본의 미카사 왕자와 고 이방자 황태자비도 그의 후원자였다. 이방자는 그의 소품 〈베터 타임즈〉를 수록한 작품집에 소개글을 쓰기도 했다. 런던 크리스티 현대예술의 관장은 1984년 도쿄 전시를 조직해주었고, 워싱턴 D.C. 아메리칸 대학 정치학과 명예교수 제프 피셸 박사는 그의 삶과 작품을 조망하는 전기를 집필, 출간하기도 했다.

유럽의 유명한 미술 비평가 오리시느 체리코 박사는 윈저 조이니스는 집요하고 열정적으로 빛과 색의 관계를 표현하며, 색의 아름다움을 끝없이 가르쳐준다고 했다. 비평계의 거두인 도날드 커스피 박사는 이니스의 감상 여행기 비평에서 '윈저에게는 고야 이상의 무언가가 들어 있다'고 말했다. 그 밖에 윈저 조이니스는 〈아티스트 매거진〉에 칼럼을 연재했고 〈아트 앤드 앤티크스〉〈포우진〉〈엘르〉〈마리끌레르〉〈캐나디언 아트〉 등 미국 전국 규모 잡지 및 세계 전역에 발행되는 신문에 자신의 글과 작품을 발표했다. 현재 제주도에서 작품 활동을 하고 있다.

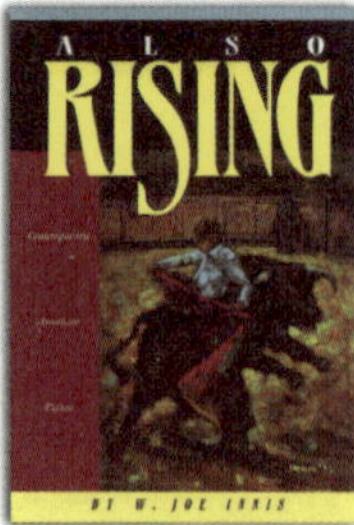

www.InnisArt.com

“A pivotal bullfight resolves the romantic triangle in Innis's unabashedly Papa-esque second novel (after In Pursuit of the Awa Maru), which channels Hemingway's machismo through the life of a disaffected expatriate artist in the 1970s ... (Innis') balanced yet stirring description of the bullfight becomes the subtext for his sensitive depiction of the life of a dedicated artist.”

-Publishers Weekly

ALSO RISING

Windsor Joe Innis

The Ganadera (Aficianado Series), 24 x 30 in.

“Full of humor and insight, Innis' story brings together some of the best aspects of contemporary American fiction in its exploration of what it means to find art in life, and life in art.”

-ALA Booklist, Starred

“Finely drawn with a cunning display of detail and internal emotional conflicts, this bittersweet tale . . . reveals much of the inner nature of human courage, love and ambition.”

-The Dallas Morning News

행복한 왕자
The Happy Prince

초판 1쇄 인쇄   2013년 3월 25일
초판 1쇄 발행   2013년 4월 10일

지은이   오스카 와일드
옮긴이   공경희
그린이   윈저 조 이니스
출판 총감독   김순웅
펴낸이   이기석
펴낸곳   도서출판 펭귄카페

편집장   박지원
교정교열   양은희
디자인   노은하
마케팅   김재훈

출판등록   2012년 07월 09일 제396-2012-000236호
주소   경기도 고양시 일산동구 장항동 867 웨스턴타워 1-913
전화   02-323-4762
팩스   02-323-4764
이메일   mellonml@naver.com
홈페이지   www.mellonbooks.com

ISBN   978-89-94175-02-7 03840

책값은 뒤표지에 있습니다.
잘못된 책은 구입하신 곳에서 바꿔드립니다.

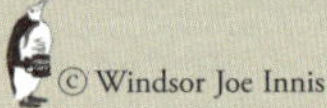

※ 도서출판 펭귄카페는 (주)도서출판 멜론의 문학 전문 브랜드입니다.